Ursula Fuchs: Emma
oder
Die unruhige Zeit

Ursula Fuchs

Emma
oder
Die unruhige Zeit

anrich

Einbandgestaltung: Bettina Anrich-Wölfel
Gesamtherstellung: Bercker · Graphischer Betrieb, 4178 Kevelaer
ISBN: 3-920110-52-8

EMMA

Emma hat sie geheißen. Sie hat bei Breuder im Schaufenster gestanden. Breuder war das Spielwarengeschäft am Prinzipalmarkt in Münster. Ich habe meine Nase gegen die Schaufensterscheibe gedrückt und gesagt, daß ich mir die Puppe zum Geburtstag wünsche.
„Du hast doch schon so viele Puppen", hat Fräulein Hanni gesagt. „Wünsch dir lieber was Vernünftiges!"
Fräulein Hanni war unser Kindermädchen. Sie hat uns erzogen, weil Mama dazu keine Zeit gehabt hatte. Mama hat Papa in unserem Lebensmittelgeschaft beim Verkauf helfen müssen.
„Brum, brum, brum!" hat mein kleiner Bruder gemacht. Er hat im Sportwagen gesessen und auf den roten Lastwagen gezeigt, der auch bei Breuder im Schaufenster stand.
„Ja, ja, du bekommst deinen brum, brum, brum", hat Fräulein Hanni gesagt. Sie hat meinem kleinen Bruder über seine drei Locken gestrichen, die er am Hinterkopf hatte. Auf die Locken war Mama sehr stolz.
Mein kleiner Bruder kriegt alles und meine Schwester Renate kriegt alles, habe ich gedacht und Wut gehabt. Nur ich, ich mußte immer zugucken. Wollte ich mal zwei Spiegeleier zum Frühstück wie meine Schwester Renate, dann hieß es: „Julia, dazu bist du noch viel zu klein!" Dabei war die Renate nur zwei Jahre älter als ich.
Wollte ich zum Abendbrot Grießbrei mit Apfelsinensaft wie mein kleiner Bruder, kriegte ich zu hören: „Julia, dazu bist du viel zu groß."
Das war ein blödes Spiel, was sie da mit mir spielten.
Nur Papa, der spielte da nicht mit.

Darum bin ich auch am Sonntagmorgen zu ihm ins Bett gekrabbelt. Ich habe mich unter der Decke in seine Bauchkuhle gekullert. Die war warm und gemütlich. Papa hat seine große Hand auf meinen Bauch gelegt und ich habe ihm von meiner Emma, die bei Breuder im Schaufenster gestanden hat, erzählt. Papa hat gesagt, daß ich die Emma bestimmt, aber ganz bestimmt nicht bekomme. Aber er hat dabei gelacht und da habe ich gewußt, daß ich sie doch bekomme.

Auf dem Geburtstagskuchen haben sechs rote Kerzen mit weißen Kleeblättchen gebrannt. Den Kuchen hat unser Hausmädchen Sophie gebacken. Auf dem Tisch neben den Kerzen hat ein blaugrüner Schottenrock gelegen. Ein Angelspiel war auch da und ein blauer Ball.
„Wo ist die Emma?" habe ich Papa gefragt. Er hat dagestanden und hat die Hände in den Hosentaschen gehabt und hat gegrinst.
„Wo ist sie?" habe ich geschrien.
Da hat er gelacht, hat mich auf seine Arme genommen. Ich habe gestrampelt wie ein Baby, weil ich runter wollte. Er hat mich aber festgehalten. Ist durch das Wohnzimmer gelaufen, auf den Flur, die Treppen runter, auf die Straße.
Mama, Sophie, Renate, Fräulein Hanni und Stefan hinter uns her.
Da hat es gestanden – silbergrau mit schwarzem Verdeck – unser Auto, ganz neu, Adler Trumpf Junior.
„Emma!" habe ich geschrien, weil nämlich meine Puppe Emma aus dem Spielwarengeschäft bei Breuder hinter dem Steuer gesessen hat.
„Walter! Alois! Reinhold!" hat Mama geschrien. Wenn Mama sich aufregte, nannte sie immer Papas sämtliche Vornamen. Jetzt regte Mama sich sehr auf. Papa hatte ihr ver-

sprochen, mit dem Kauf von dem Auto noch ein Jahr zu warten.
Papa hat sein silbergraues Auto gestreichelt. „Das gebe ich nicht mehr her", hat er gesagt.
Und ich habe meine Emma gedrückt und gesagt, daß ich sie nie, nie mehr hergebe.
Das war am 8. April 1939.
Zuerst haben Papa und Mama sich noch über das Auto gestritten. Dann hat Papa verkündet, daß er jetzt jeden Sonntag mit der ganzen Familie Picknick im Grünen machen wird. Das hat uns gefallen. Mama auch. Sie hat einen gelben Picknickkoffer gekauft, aus Lackleder. Da waren sechs rote Löffel, Gabeln, Messer und sechs rote Teller und rote Tassen drin, aus Zelluloid. Papa hat sich einen englischen Knikkerbockeranzug zugelegt und eine weiße Schirmmütze dazu. Und ich war sehr stolz auf ihn.
Am Sonntagmorgen hat die Sophie ganz früh sechs Koteletts und sechs Bouletten gebraten und den Kartoffelsalat eingepackt und die Brote, Tomaten und Eier. Papa hat alles hinten im Auto verstaut.
Fräulein Hanni mit dem Stefan auf dem Schoß, die Renate und ich, wir haben hinten im Auto gesessen. Mama durfte vorn neben Papa sitzen. Die Sophie ist nicht mitgefahren. Die Sophie hat nämlich ihren freien Tag mit dem Charly gehabt. Der Charly war der Bräutigam von der Sophie. Ich konnte ihn gut leiden. Er hatte eine graue Uniform, weil er Soldat war. Charly hat in der roten Backsteinkaserne in der Grevener Straße gewohnt.
Papa ist mit dem Adler Trumpf Junior von der Kanalstraße an den Aawiesen entlang nach Coerde gebraust, bestimmt mit achtzig Sachen. Ich habe mich an der Emma festgehalten und immer gesagt, daß mir nicht schlecht wird. Den Tip hat mir Mama gegeben. Mir ist aber trotzdem schlecht gewor-

den. Fräulein Hanni hat gesagt, daß ich kalkweiß aussehen würde. Da hat Papa seinen Adler Trumpf Junior angehalten und ich durfte vorn zu Mama auf den Schoß.
„Das hast du ja wieder fein hingekriegt“, hat meine Schwester Renate mir zugezischt. Sie hat nämlich auch gern vorn sitzen wollen. Ich habe wütend den Kopf nach hinten gedreht und „Blöde Kuh“ zu ihr sagen wollen. Da hat Papa sich scharf in eine Rechtskurve gelegt. Und ich habe Mamas blaues Reinseidenes, das mit den gelben Mohnblumen, vollgekotzt.
„Walter!“ hat Mama geschrien und sich vorn am Amaturenbrett festgehalten. Papa ist an den Straßenrand gefahren und ich habe gesehen, daß er froh war, daß ich Mamas Reinseidenes vollgekotzt habe und nicht seinen schönen neuen Adler Trumpf Junior.
Papa ist mit uns zurückgefahren. Mama hat ihr weißes Kleid mit den roten Tupfen angezogen. Das Kleid hat sehr lustig ausgesehen. Mama nicht! Sie wollte auf keinen Fall mehr Picknick im Grünen machen. Papa hat schrecklich viel reden müssen, bis Mama doch wollte. „Aber nur, wenn Julia eine Tüte mitnimmt.“ Darauf hat Mama bestanden. Die Tüte sollte ich mir vor den Mund halten, wenn es wieder über mich kommt.
Ich wollte aber keine Tüte. Ich wollte bei Sophie bleiben. Und die Emma wollte das auch.
Die Sophie hat aber ihren freien Tag mit dem Charly gehabt. Mama hat vorgeschlagen, daß Sophie und Charly mit mir zu Hause bleiben könnten. Dann brauchte Sophie auch nicht mit dem Charly in der Gegend herumlaufen. Und sie dürfte den Charly auch zum Kotelettessen einladen.
Die Sophie fand es wohl ganz schön, daß sie mit dem Charly nicht in der Gegend rumlaufen brauchte. Sie hat zugestimmt.

CHARLY, SOPHIE UND ICH

Der Charly ist dann gekommen und ich habe ihm die Türe aufgemacht. Die Sophie hat noch ihre Augen angemalt. Der Charly hat mir in seiner grauen Uniform gefallen. Seine schwarzen Haare haben ganz platt auf dem Kopf geklebt und er hat gut gerochen, nach Schmierseife und Lederfett. Die Sophie hat auch gut gerochen, nach Veilchen und Rosen.

Der Charly und die Sophie sind ins Wohnzimmer. „Wollen wir mal Familie spielen", hat der Charly gesagt. Er hat sich in Papas braunen Ledersessel gesetzt. Die Sophie hat ihm die schwarzen Stiefel ausgezogen. Charly hat seine Füße mit den grauen Wollsocken auf den braunen Marmortisch gelegt, sich eine Zigarre von Papas schwarzen angesteckt und Papas Cognac getrunken, den Sophie aus dem großen schwarzen Bücherschrank geholt hat.

Die Sophie hat auch Cognac getrunken und der Charly hat sie geküßt und Glühwürmchen zu ihr gesagt, weil sie ganz rote Backen hatte. Ich habe mit Emma auf der Couch gesessen und zugeguckt und gedacht, daß ich später auch mal so einen schönen Bräutigam wie den Charly haben möchte. Und weil ich wollte, daß der Charly auch mal Glühwürmchen zu mir sagt, wollte ich auch von Papas Cognac trinken. Aber die Sophie hat sich schrecklich geizig angestellt. Und der Charly hat gesagt, ich sollte mich aus dem Zimmer trollen und spielen. Ich wußte nicht, was trollen war, und spielen mochte ich nicht. Ich bin in den Flur und habe die Tür zu unserem Lebensmittelgeschäft aufgeschlossen.

Eigentlich durfte ich das nicht. Papa hat uns Kindern streng verboten, allein ins Geschäft zu gehen. Aber Papa war ja nicht da! Ich bin die vier Holzstufen in den Laden runter. Zuerst habe ich der Emma die vielen bunten Bonbongläser gezeigt, die oben auf der Theke gestanden haben. Ich habe mir einen Stuhl geholt und bin mit Emma auf die Holztheke geklettert. Und dann habe ich mir den ganzen Mund voll mit Liebesperlen gesteckt, die in einem Bonbonglas waren. Der Emma habe ich auch Liebesperlen in den Mund gesteckt. Die Liebesperlen haben bei der Emma im Bauch geklappert. Dann haben wir uns das Schokoladenregal neben der Kaffeeröstmaschine angeguckt. Die Schokoladentafeln hatten alle verschiedenes Papier. Die Emma und ich haben alle Sorten durchprobiert, aber sie haben fast alle gleich geschmeckt. Nur die mit Mocca war anders. Da habe ich gespuckt.
Dann habe ich Durst bekommen. Im Regal habe ich Papas Cognac entdeckt. Er hat neben vielen anderen Flaschen gestanden, die rot und grün und gelb waren. Zuerst habe ich gedacht, daß ich Papas Cognac trinke. Aber dann habe ich gedacht, daß ich vielleicht doch lieber aus einer bunten Flasche trinke. Die Flasche ist ganz leicht aufgegangen. Unser Kinderfräulein Hanni sagte immer, daß anständige Kinder nicht aus der Flasche trinken. Da habe ich unanständig getrunken und die Flasche an den Mund genommen und einen großen grünen Schluck genommen. Und dann mußte ich husten und mir ist die Luft ausgegangen. Und ich habe geschrien und weiß nichts mehr.
In der Badewanne bin ich wieder aufgewacht. Der Charly und die Sophie haben mich mit kaltem Wasser eingesprüht und der Charly hat die Sophie eine dumme Gans genannt und die Sophie den Charly einen Rabenvater. Und ich habe unter dem kalten Wasser geheult und gefroren.

Da haben sie mich ins Bett gesteckt und mir war schlecht und ich habe geschlafen. Ganz lange. Als ich aufgewacht bin, waren die Sophie und der Charly sehr nett zu mir. Und die Sophie, der Charly und ich haben uns versprochen, daß wir der Mama und dem Papa nichts davon sagen, daß ich im Geschäft gewesen bin.

EIN KRIEG REICHT

Der Charly ist an jedem freien Sonntag zu uns gekommen. Die Sophie, der Charly und ich konnten uns gut leiden. Einmal ist er am Sonntag gekommen, obwohl er überhaupt nicht frei hatte. Sophie und ich sind am Sonntagnachmittag auf ihrem Zimmer gewesen. Das Zimmer von der Sophie war in unserem Haus auf dem Dachboden.
Emma und ich haben zugeguckt, wie Sophie sich in der großen weißen Porzellanschüssel die Haare gewaschen hat. Die Sophie hat die Haare mit dem Föhn getrocknet. Dann hat sie sich aufs Bett gelegt und ich habe ihr Gurkenscheiben aufs Gesicht gelegt. Die Sophie hat gesagt, daß Gurkenscheiben schön machen. Und sie wollte ganz schön sein, weil sie sich am Abend mit dem Charly treffen wollte.
Der Charly hat in einem goldenen Rahmen über ihrem Bett gehangen. Neben dem Engel im silbernen Rahmen. Auf dem Bett neben der Sophie hat die Puppe Tinta gesessen. Die war fast so groß wie mein Bruder Stefan.
Die Tinta hat mich angeglotzt und sie hat ein gelbes Tüllkleid angehabt. Die Tinta hat der Charly auf der Kirmes gewonnen und der Sophie geschenkt. Emma und ich konnten die Tinta nicht ausstehen. Aber das Muschelkästchen auf dem Nachttisch, das hat uns gefallen. Das Muschelkästchen ist mit rosa, gelben und blauen Muscheln beklebt gewesen und innen war lila Samt. Ich habe das Muschelkästchen gern für mich haben wollen. Die Sophie hat es aber nicht hergegeben, weil es ein Andenken an ihren Vater war. Der ist im Weltkrieg gefallen.
Ich habe mir das blaue Album von Sophie angeguckt. Da waren ihr Vater, ihre Mutter und ihre beiden Brüder drin

und Hühner und Kühe und Enten und Gänse. Die Sophie hat nämlich früher auf einem kleinen Bauernhof in der Nähe von Sendenhorst gelebt.
Auf einmal hat es an der Tür gehämmert. Der Charly ist reingestürzt. Er hat „Heil Hitler“ geschrien. Die Sophie hat auch geschrien. „Charly“, hat sie geschrien. Sie ist aufgesprungen und die Gurkenscheiben sind ihr vom Gesicht gefallen.
Der Charly hat die Hacken zusammengeschlagen und nochmal „Heil Hitler“ geschrien.
„Spinnst du?“ hat die Sophie gefragt. Und sie hat dem Charly gesagt, daß sie lieber einen Kuß zur Begrüßung hätte, als dieses blöde „Heil Hitler“.
Da ist der Charly rot geworden bis an den Hals und er hat die Sophie angeschrien, daß er „Heil Hitler“ überhaupt nicht blöd findet. Und er, der Charly, wollte mit der Sophie nichts mehr zu tun haben, wenn sie so redet. Und außerdem wäre er heute zum letztenmal da.
Er hat die Hände auf den Rücken gelegt, hat die Schultern nach hinten geworfen und hat ausgesehen, als wenn er einen Stock verschluckt hätte. Und dann hat er verkündet, daß seine Einheit ab morgen nach Osten abkommandiert wäre.
„Der Krieg ist bald da und ich bin als erster dabei!“ Und er hat gelacht und sehr glücklich ausgesehen.
Die Sophie hat vor ihm gestanden und den Mund nicht mehr zubekommen. Dann ist die Sophie nach hinten aufs Bett gefallen, sie hat sich auf den Bauch gedreht und den Kopf in die Kissen gesteckt und hat losgeheult.
Zuerst hat der Charly dagestanden und geguckt. Dann hat er sich über die Haare gestrichen und der Sophie über den Rücken. Die Sophie hat bei dem Streicheln noch lauter geheult und sie hat geschrien, daß sie überhaupt keinen Krieg

will. Und der Krieg wäre was ganz Schreckliches, das Schrecklichste auf der Welt überhaupt.
Der Charly hat gelacht. Und er hat die Sophie vom Bett hochgezogen, obwohl sie nicht wollte. Er hat sie in seine Arme genommen und ihr erklärt, daß der Krieg überhaupt nichts Schreckliches wäre, weil er, der Charly, nämlich kämpfen würde, bis zum Sieg. Und jetzt könnte der Charly seiner Sophie doch endlich mal beweisen, daß er ein Mann wäre, ein tapferer Mann.
Ich habe mit meiner Emma auf dem Fleckelteppich gesessen und überlegt, ob der Krieg wohl was Gutes ist, wie der Charly sagt. Oder was Schlechtes, wie die Sophie sagt. Der Charly hat so glücklich ausgesehen, wie ich ihn noch nie gesehen hatte. Und die Sophie so traurig, wie ich sie auch noch nie gesehen hatte.
Ich habe der Emma ins rechte Ohr geflüstert, daß der Krieg was Gutes sein müsse, sie sollte sich doch nur mal den Charly ansehen. Und ins linke Ohr habe ich der Emma geflüstert, daß der Krieg ganz was Schlimmes sein müsse, sie sollte sich doch mal die Sophie ansehen.
Die Emma hat stumm dagesessen. Ich habe nicht mehr gewußt, was ich denken sollte. Da war ich froh, daß ich in meiner Nase was zum Popeln gefunden habe.

Als der Papa und die Mama gekommen sind, hat die Sophie gleich von dem Krieg erzählt. Der Papa hat sie getröstet und gesagt, daß es keinen Krieg mehr geben würde, das wäre alles papalapap. Und die Mama hat versichert, daß es keinen Krieg mehr geben könnte. Mehr als einen Krieg im Leben könnte kein Mensch aushalten. Und die Mama und der Papa hätten ja schon einen Krieg hinter sich.

DER KRIEG IST DA

Aber am 1. September 1939 war der Krieg doch da! – Es war am Morgen ganz früh gewesen. Die Renate und ich haben noch in unserem Zimmer im Bett gelegen. Plötzlich hat Papa auf dem Flur geschrien, ganz schrecklich hat er geschrien. Mama hat auch geschrien, auch ganz schrecklich. Ich habe meine Emma an meinen Bauch gedrückt und das Oberbett über meinen Kopf gezogen. Die Renate hat auch ihre Bettdecke über den Kopf gezogen. Vorn hat sie einen kleinen Spalt frei gelassen und mir zugeflüstert, ich soll nachsehen, warum Papa und Mama so schreien. Ich habe gesagt, daß die Renate ja viel älter ist als ich. Sie sollte gefälligst nachsehen.

Da hat Mama in der Tür gestanden. Sie hat meinen kleinen Bruder Stefan auf dem Arm gehabt. Und sie hat geheult und gesagt, daß wir sofort aufstehen sollen, weil der Krieg da wäre.

Ich wollte aber nicht aufstehen. In meinem Bett war es so schön warm. Außerdem habe ich nicht geglaubt, was die Mama gesagt hat. „Du hast doch der Sophie versprochen, daß es keinen Krieg mehr gibt!“

Mama hat sich auf die Unterlippe gebissen. Ganz fest hat sie gebissen, ich habe es gesehen und dann hat sie gesagt, daß sie es auch nicht geglaubt hat.

Ich bin aufgestanden. Habe auf dem Teppich gestanden und kalte Füße bekommen und kalte Beine, weil mein Nachthemd so kurz war, und am Bauch war ich auch ganz kalt. Ich hätte mich gern in Mamas Armen gewärmt. Aber da war schon der Stefan.

Da habe ich Papa gesucht. Er hat im Wohnzimmer vor dem

Radio auf dem Boden gehockt und Meldungen vom Krieg gehört.
Ich bin zu ihm auf den Schoß gerutscht. Und ich habe gewartet, daß Papa seine große warme Hand auf meinen kalten Bauch legt. Aber er hat das nicht gemacht. Er hat dagesessen, ganz stumm.
Niemand hat sich um mich und meine Emma gekümmert. Auch nicht, als wir im Eßzimmer Kaffee getrunken haben. Die Sophie und die Hanni haben nur vom Krieg geredet und haben ganz viel Kaffee getrunken und ganz viel geraucht. Die Renate hat dabeigesessen und Fingernägel gekaut.
Dann bin ich zu Papa und Mama ins Geschäft runtergegangen. Der Laden war voll. Es sind bestimmt zwanzig Kunden im Geschäft gewesen. Sie hatten große Taschen bei sich, die haben sie vollgekauft mit Lebensmitteln. Papa, Mama und Fräulein Sepha, unsere Verkäuferin, sind hin- und hergelaufen und haben bedient.
„Warum kaufen denn die Leute heute morgen so viel?" habe ich Fräulein Sepha gefragt.
„Weil Krieg ist. Da wird es bald nicht mehr viel zu kaufen geben", hat die Sepha gesagt.
„Auch keine Schokolade und Bonbons und Plätzchen mehr?" habe ich gefragt.
„So was schon gar nicht", hat die Sepha gesagt. Sie hat mich an die Seite geschoben, weil sie weiter bedienen wollte. Ich habe mich unter die großen Leute vor der Theke gemischt.
Da waren die großen silbernen Keksdosen, mit Vanille-Waffeln, Waffelröllchen, Schokoladenplätzchen und Orangengebäck. Ich habe meine Schürze zusammengerafft und aus jeder Dose eine Handvoll Kekse genommen und in die Schürze geschüttet. Als ich bei der Dose mit Wiener Gebäck war, hat plötzlich eine Kundin gefragt, ob ich die Julia bin.

Dämliche Frage! Natürlich war ich die Julia.
„Ihre Tochter bedient sich hier selbst", hat sie zu Papa gesagt. Papa hat den Hals gereckt und mich vor der Theke entdeckt. „Was machst du denn da?" hat er gefragt. Zum Glück hat er keine Zeit gehabt festzustellen, was ich da mache. Er hat mich nur nach oben geschickt.
Ich bin in unser Zimmer und habe meine Plätzchenvorräte im Pappkarton unter meinem Bett versteckt. Der stand da noch von den Maikäfern, die wir im Frühling mit Papa gesammelt hatten.

Im Eßzimmer hat Renate mit Fräulein Hanni am Tisch gesessen. Sie haben aber nicht gegessen. Fräulein Hanni hat mit einem blauen Stift eine Linie auf die Landkarte gemalt. Ich habe gefragt, was die beiden da machen. Fräulein Hanni hat gesagt, daß sie die Front im Osten markieren.
Ich habe gefragt, was Front ist. „Front ist da, wo gekämpft wird", hat Fräulein Hanni gesagt.
„Aha!" habe ich gesagt und nichts verstanden. Ich habe mit dem Stefan gespielt. Der hat mit seinem kleinen Zeigefinger immer peng-peng gemacht und mich abgeschossen.

Beim Mittagessen haben Papa, Mama, Fräulein Hanni und die Sophie wieder nur vom Krieg geredet. Es gab Linsensuppe. Die hat überhaupt nicht geschmeckt. Sie war ganz salzig.
Der Papa hat die Sophie gefragt, ob sie vielleicht verliebt sei, weil sie die Linsensuppe versalzen hätte.
Da hat die Sophie angefangen zu heulen und hat gesagt, daß die Linsensuppe vielleicht von ihren Tränen so salzig sei, weil doch jetzt Krieg wäre und der Charly wäre an der Front. Und sie hat ihren Teller mit der salzigen Linsensuppe stehen lassen und ist aus dem Zimmer gerannt.

Mama hat sie wieder reingeholt und da ist der Sophie ihre Linsensuppe noch salziger geworden, weil sie immer weiter geheult hat.

Nach dem Mittagessen hat die Sophie gespült. Ich bin zu ihr in die Küche. Mama hat das eigentlich verboten, weil nämlich die Sophie beim Spülen immer so traurige Lieder gesungen hat. Aber Mama schlief ja über Mittag.
Die Sophie hat am Spültisch gestanden. Die Sodalauge in der weißen Emailleschüssel hat gedampft. Die Sophie hat rote Hände von der Lauge gehabt, rote Augen vom Weinen und sie hat gesungen, das Lied von dem roten Blut, das ihr aus dem Herzen fließt, wenn sie an das Kind denkt, das bei Wasser und Brot schon drei Tage im Keller sitzt.
Ich habe auf dem weißen Küchenstuhl gesessen, die Beine unters Kinn gezogen und bin sehr traurig gewesen. Auch die Emma konnte mich nicht trösten.

Trotzdem der Krieg am Morgen gekommen war, mußte ich am Nachmittag mit Fräulein Hanni und Stefan auf den Spielplatz. Der war im Schloßgarten. Stefan hat mit Eimer und Schippe im Sand gespielt. Ich habe neben Fräulein Hanni und den anderen Kinderfräulein auf der Bank gesessen. Sie haben alle vom Krieg erzählt. Ich habe Bauchschmerzen bekommen. Mein Hals tat auch weh. Er war so, als wenn eine dicke Kartoffel drin sitzen würde.
Die Kartoffel in meinem Hals ist noch dicker geworden, als das Tuten angefangen hat. Das Tuten ist von den Sirenen gekommen. Die waren auf den Dächern der Häuser montiert. Ganz plötzlich hat das Tuten angefangen. Der ganze Himmel war voll von dem Getute.
„Alarm! Alarm!“ hat Fräulein Hanni geschrien. Sie ist aufgesprungen, hat den Stefan mit Eimer und Schippe in den

Sportwagen geworfen, mich an die Hand genommen und ist mit uns durch den Schloßgarten gerannt. „Das ist der Krieg!“ hat Fräulein Hanni gejapst. „Dieser verdammte Krieg!“
Ich habe mich gefürchtet und mich immer wieder umgedreht. Und ich habe gedacht, ob dieser verdammte Krieg vielleicht ein riesengroßer Elefant mit schrecklich großen Füßen ist, mit denen er uns zertrampeln will.
Zu Hause habe ich die Metallkette vor die Türe gemacht und zu Papa gesagt, jetzt könnte der Krieg nicht mehr rein.
Papa hat meine heißen Backen gestreichelt. Mich Püselken genannt und gesagt, daß wir nicht so hätten rennen brauchen, weil dieser Alarm nur ein Probealarm gewesen ist.

Einmal nachts war das Tuten wieder da. Die Renate hat es zuerst gehört. Sie hat mich geweckt und ist zu mir ins Bett gekrochen. Die Renate, die Emma und ich haben uns unter der Bettdecke versteckt.
Papa ist ins Zimmer gestürzt. Hat mich auf den Arm genommen, die Renate an die Hand und ist mit uns in den Keller. Im Keller waren schon Stefan und Fräulein Hanni und Sophie und die anderen Mieter aus dem Haus. Mama hat Decken verteilt. Jeder hat eine Decke zum Umhängen bekommen. Als Mama alle verteilt hatte, ist sie ohnmächtig geworden. Papa hat ihr einen nassen Lappen auf die Nase gedrückt. Da ist sie wieder da gewesen. Stefan hat geschrien, weil er in sein warmes Bett wollte.
Papa hat Gasmasken verteilt. Und ich habe lachen müssen, weil die Sophie in ihrer Gasmaske wie ein Boxer ausgesehen hat.

PAPAS ADLER TRUMPF JUNIOR

In der Schule war es jetzt nicht mehr so langweilig. Ich bin in die erste Klasse gegangen. Jeden Morgen haben wir das Deutschlandlied gesungen und den Adolf Hitler mit Heil Hitler begrüßt. Der hat an der Wand über dem Platz von unserer Lehrerin Fräulein Harte gehangen. Der Hitler hat einen Schnäuzer und einen feinen Scheitel gehabt. Und er hat uns immer zugeguckt. Der Adolf Hitler ist unser Führer gewesen. Er hat die Macht gehabt und alle mußten ihm gehorchen.
Probealarm war jetzt oft. Dann sind wir Kinder und die Lehrer in den Luftschutzkeller. Im Luftschutzkeller war es gemütlich. Wir haben alle eng zusammengedrückt auf dem Fußboden gesessen und uns was erzählt. Manchmal haben wir auch Schwarzer Peter gespielt. Das war viel schöner als Rechnen und Schreiben.

Einmal hatte ich keine Lust, in den Luftschutzkeller zu gehen. Das war bei dem Sturm. Der Wind hat den Kastanienbaum auf dem Schulhof hin- und hergeschüttelt. Die grünen stacheligen Kastanienbälle sind vom Baum gefallen. Und die Kastanien sind auf den Schulhof geknallt. Wir hatten Rechnen und ich habe zu Lore, meiner Nachbarin, gesagt, daß wir in der Pause ganz schnell auf den Schulhof rennen müssen, damit wir die Kastanien bekommen. Die Lore und ich haben nämlich immer Kastanienmännchen gemacht.
Es war aber keine Pause, weil vorher Probealarm war. Auf der Treppe zum Keller sind mir die Kastanien eingefallen. Da bin ich schnell auf den Schulhof gerannt. Die Kastanien haben braun und dick und glänzend auf dem Asphalt gele-

gen. Keiner war da! – Auf einmal war doch einer da. Der Hausmeister Knusenberg. Er hat mir eine rechts und eine links auf die Backe geknallt und mich in den Keller gezerrt, zu Direktor Lürenberg.

Ich habe mich geschämt, weil ich auf einen Stuhl steigen mußte. Alle Kinder sollten mich sehen. Ich habe dagestanden und mir gewünscht, eine braune Kastanie zu sein, die in einem kleinen grünen Stachelhaus versteckt ist. Der Direktor hat mit seinem rechten Zeigefinger auf mich und dann auf den Adolf Hitler gezeigt. Der hat in einem großen Bild in Farbe an der Wand im Luftschutzkeller gehangen.

„Der Führer kann nur gehorsame Kinder gebrauchen", hat der Direktor gesagt. Und er wäre bestimmt sehr traurig, wenn er erfahren würde, wie ungehorsam ich heute war.

Ich habe mich noch mehr geschämt und mir vorgenommen, den Führer nie mehr traurig zu machen. Dann kam die Entwarnung und ich durfte wieder vom Stuhl steigen.

Die Renate hat beim Mittagessen zu Hause gleich von der Sache mit den Kastanien erzählen wollen. Aber Fräulein Hanni hat es ihr verboten. Seitdem sie unser Kinderfräulein ist, haben wir Kinder zu Hause beim Essen den Mund zu halten. Mir hat das sonst nie gefallen, aber heute fand ich es sehr gut.

Außerdem hat Papa beim Essen sehr viel geredet. „Ich kann es nicht glauben!" und „Der neue Adler Trumpf Junior!" und „Das ist wirklich eine Unverschämtheit!" hat er immer wieder gesagt. Und rote Ohren und rote Flecken am Hals gehabt. Mama hat versucht, ihn zu trösten. Aber er hat sich nicht trösten lassen wollen. Und er hat gemeint, daß Mama ihn sowieso nicht versteht, weil sie den Adler eben nicht liebt. Mama hat sich eine Gabel voll Rotkohl in den Mund geschoben und wütend gekaut und nichts mehr gesagt.

Ich habe Papa gefragt, was denn mit dem Adler Trumpf Junior ist. „Sei still!“ hat Fräulein Hanni mir gleich zugezischt. „Sie holen ihn heute nachmittag ab, um drei Uhr kommen sie. Der Adler Trumpf Junior wird an der Front gebraucht“, hat Papa gesagt. „Wer?“ habe ich gefragt. Papa hat die Schultern hochgezogen. Er hat auch nicht gewußt, wer ihn holt. Auf jeden Fall irgendwelche Leute vom Führer.
„Aber es ist doch dein Auto. Und du hast damals gesagt, daß du es nie mehr weggibst“, habe ich zu Papa gesagt.
„Julia, willst du wohl endlich still sein“, Fräulein Hanni hat ein ärgerliches Gesicht gemacht.
Ich bin still gewesen. Auch am Nachmittag, als sie mich gesucht haben. Fräulein Hanni wollte wieder mit mir und Stefan auf den Spielplatz.

Ich habe hinten im Kofferraum in dem Adler gesessen. Der Adler hat in der Garage gestanden. Ich wollte aufpassen, wer Papas Auto wegnimmt. Die Emma war mit mir im Kofferraum. Es war dunkel und eng.
Dann habe ich gehört, wie das Garagentor geöffnet wurde. Ich habe Papas Stimme und noch zwei andere Stimmen gehört. Papa hat gesagt, daß er das Auto aus der Garage fahren wird. Das hat er auch gemacht. Er hat den Adler auf die Straße gefahren. Und ist wieder ausgestiegen. Dann hat er die Männer gefragt, ob er wirklich nichts dagegen machen könnte, daß sie ihm den Wagen wegnehmen.
„Jeder muß Opfer bringen für den Krieg“, hat die eine Stimme gesagt. Und die andere hat gesagt: „Der Führer braucht jeden Wagen.“
„Wenn er ihn nicht kriegt, ob der Führer dann wohl traurig ist?“ habe ich gedacht. Ich habe es nicht gewußt. Aber ich wußte, wie traurig Papa ist, weil er seinen Wagen abgeben muß. Schrecklich traurig.

„Der Wagen ist erst ein halbes Jahr alt, ein gutes halbes Jahr", hat Papa gesagt.
Die beiden Wagentüren sind aufgemacht worden und ich habe am Schaukeln gemerkt, daß da zwei Leute eingestiegen sind.
„Ich paß jetzt auf den Adler auf", habe ich leise zu Papa gesagt. Aber er hat mich nicht gesehen und gehört.
Dann ist der Wagen angefahren.

Zuerst hat es nur ein bißchen geruckelt. Dann immer mehr. Mein Kopf hat weh getan und mir ist schlecht geworden. „Ich will raus!" habe ich gebrüllt. Niemand hat mich gehört. Nur die Emma. Aber die hat sich ihren Kopf auch gestoßen in dem engen Kofferraum.
Ich habe geheult und nicht mehr gewußt, wie ich auf Papas Adler Trumpf Junior aufpassen soll.
Dann ist der Wagen langsamer gefahren und hat stillgestanden.
„Ich will raus!" habe ich wieder gebrüllt.
Da hat jemand die Kofferraumhaube aufgemacht. Das war ein Soldat in grauer Uniform. „Sieh dir das an!" hat der Soldat gerufen. Da ist ein anderer Soldat gekommen und hat sich das angesehen. Das waren ich und die Emma.
„Wo kommt die Kleine denn her?" hat der eine gefragt.
„Und was will die hier in dem Kofferraum?" hat der andere gefragt.
„Auf Papas Trumpf Junior aufpassen", habe ich geheult.
Ich habe gesehen, daß wir auf dem Kasernenhof an der Grevener Straße sind. Die Kaserne kannte ich von Charly.
Der eine Soldat hat mich an die Hand genommen, mit der Emma. Er hat mich zum Kommandanten gebracht. Der hat in einem braunen Ledersessel in seinem Büro gesessen. Unter dem Bild vom Adolf Hitler, der hat mich streng angese-

hen. Der Kommandant war aber sehr freundlich. Ich habe mich mit der Emma vor ihm auf den braunen Stuhl gesetzt und ihm erzählt, daß mein Papa sehr traurig ist, weil er seinen schönen neuen Adler Trumpf Junior abgeben muß.
Der Kommandant hat mir zugehört, ganz ernst. Dann hat er zu dem Soldaten gesagt, er soll für mich heiße Schokolade und ein Brötchen aus der Kantine holen. Und dann hat er gesagt, daß ich mal zu ihm kommen soll.
Ich bin zu ihm. Er hat mich auf seinen Schoß genommen. Und sich in seinem ledernen Drehsessel umgedreht und auf den Führer gezeigt. „Der da oben braucht jetzt jedes Auto. Auch den Adler Trumpf Junior von deinem Vater“, hat er gesagt. Und er hat auch gesagt, daß Papa sein Auto nach dem gewonnenen Krieg wiederbekommt.
Da war ich aber froh. Und das wollte ich so schnell wie möglich Papa sagen. Ich habe zu dem Kommandanten gesagt, daß er Papa anrufen soll, damit er mich abholt.

Papa hat mich abgeholt. Er ist mit dem Fahrrad gekommen. Und er hat mich mit der Emma vorn auf seine Lenkstange genommen. Ich habe ihm erzählt, daß der Kommandant gesagt hat, Papa bekommt sein Auto wieder, wenn der Krieg zu Ende ist.
„Scheißkerl!“ hat Papa gesagt.
„Er war aber sehr nett zu mir“, habe ich gesagt. „Und er ist bestimmt kein Scheißkerl.“
„Den meine ich auch nicht!“ Papa ist plötzlich eingefallen, daß das Wort Scheißkerl ein sehr unanständiges Wort ist. Und daß ich niemandem erzählen darf, daß er Scheißkerl gesagt hat.

WESTFÄLISCHER KNOCHENSCHINKEN

Der Winter ist dagewesen. Die Sophie hat am Abend vor dem Radio gesessen und für den Charly graue Socken aus Wolle gestrickt. Mama und Fräulein Hanni haben auch Socken für den Charly gestrickt. Und ich habe mir überlegt, seit wann der Charly ein Tausendfüßler ist.
Am Sonntag hatten sie keine Zeit zum Stricken. Am Sonntag mußten Lebensmittelkarten geklebt werden. Seitdem der Krieg da war, gab es Lebensmittelkarten. Das waren Karten in verschiedenen Farben, auf denen in schwarzer Schrift stand, wieviel jeder im Monat essen durfte. Die Leute sind mit ihren Karten ins Geschäft gekommen. Wenn sie hundert Gramm Leberwurst haben wollten, haben Mama oder Papa oder Sepha eine Marke mit hundert Gramm Wurst von der Karte abgeschnitten. Die kleinen Abschnitte mußten auf Zeitungen geklebt werden für die Lebensmittelkartenstelle. Manchmal habe ich auch beim Kleben geholfen. Aber ich mochte den Klebstoff an meinen Händen nicht haben.

Papa und Mama hatten am Sonntag jetzt meistens sehr wenig Zeit für uns. Aber einmal hatten sie Zeit. Da hat Bauer Lippe uns zum Essen eingeladen für den Nachmittag. Der Bauer Lippe wohnte auf seinem Bauernhof in Coerde. Das war bestimmt eine Stunde zu laufen. „Wie sollen wir nur mit den Kindern dahin kommen ohne Auto?“ hat Papa gefragt.
„Mit dem Schlitten!“ Mama hat den Schlitten aus dem Keller geholt. Es hat nämlich geschneit. Der Himmel war voll Schnee und die Erde auch. Die Renate, der Stefan und ich

haben uns auf den Schlitten gesetzt, und Papa und Mama haben uns gezogen. Sie sind ganz schnell gelaufen, bis Mama gedampft hat. Jetzt hat Mama sich auf den Schlitten gesetzt, und ich habe Papa beim Ziehen geholfen.
„Wir fahren sie alle in den Graben", hat Papa mir zugeflüstert. Der Graben neben der Straße war bis oben hin voll mit Schnee. Mama hat wie ein Maikäfer auf dem Rücken gelegen und mit den Beinen gestrampelt. Papa hat gelacht und gesagt, daß es ein Glück ist, daß er dem Führer sein Auto gegeben hat. Sonst wären wir wohl nie mit dem Schlitten raus nach Coerde gefahren.

Als wir auf den Hof von Bauer Lippe kamen, haben wir nicht mehr gelacht, weil wir kalt und naß waren. Der Hofhund Bruno hat uns böse angebellt und ist an seiner langen Kette vor dem Haus hin- und hergelaufen.
„Ruhig, Bruno!" hat Bauer Lippe gerufen. Der Bruno war ruhig und hat sich in seine Holzhütte verzogen. Frau Lippe, Herr Lippe und die Zwillinge Marlies und Klaus haben uns begrüßt. Nur der Wilhelm, der älteste Sohn vom Bauer Lippe, hat gefehlt. Der Wilhelm war als Soldat in Polen, wie der Charly.
Wir sind durch das große braune Holztor auf die Tenne. Da war es warm und gemütlich. Die kleinen gelben Laternen haben geleuchtet. Die Pferde haben ihre Köpfe durch die offenen Boxen gesteckt. Die Kühe haben Muh gerufen und die Schweine gegrunzt. Es hat gut gerochen nach Heu und Rüben und Kartoffeltopf.
Unseren Schlitten haben wir auf der Tenne abgestellt und sind erst mal in die große Küche, wo auf dem langen Herd der heiße Kakao und der Kaffee gedampft haben. In der guten Stube neben der Küche war der Tisch gedeckt.
Mir ist auf einmal wieder ganz warm geworden. Da waren

Platten mit Westfälischem Knochenschinken, schön flockig geschnitten, westfälische Mettwurst, frisches Schweinemett und dicker gelber Käse und Apfelkuchen mit Sahne auf dem Tisch.
„Das sieht aber nicht nach Krieg aus!" Papa hat sich die kalten Hände gerieben.

Wir haben Hunger gehabt. Und ich habe bestimmt sechs Scheiben von dem selbstgemachten Bauernbrot mit dick Butter und Schinken und obendrauf Pumpernickel gegessen. „Du frißt, daß man sich schämt!" Die Renate hat mir ihren Ellenbogen in die rechte Seite geboxt. Meinetwegen, sollte sie sich schämen. Ich habe noch zwei Scheiben von Frau Lippes Rosinenstuten verdrückt. Nur beim Apfelkuchen mit Sahne, da konnte ich nicht mehr. Aber den mochte ich auch nicht so.
Die Frau Lippe hat mich gefragt, ob ich vielleicht lieber Streuselkuchen möchte. Ich habe auf meinen Bauch gedrückt und versichert, daß da kein Streuselkuchen mehr rein paßt.
„Aber ich will Streuselkuchen!" hat der Stefan geschrien.
Frau Lippe hat aus der Küche einen Teller mit Streuselkuchen geholt. Und der Stefan hat sich das dickste Stück ausgesucht. Er ist damit auf Mamas Schoß geklettert.
Frau Lippe hat zu Mama gesagt, sie soll froh sein, daß Stefan noch so klein ist. Und sie hat geseufzt, sich auf ihren Stuhl gesetzt, die Hände gefaltet und gesagt, daß sie immerzu an ihren Wilhelm denken muß. Und sie hat Mama gefragt, ob sie sich vorstellen kann, wie schlimm es ist, wenn der eigene Sohn an die Front geholt wird und Soldat werden muß. Mama hat Stefan die Streuselkuchenkrümel mit dem Taschentuch vom Mund gewischt. Und sie hat gesagt, daß sie es sich nicht vorstellen kann.

„Laß man Mutter, er kommt schon wieder, der Wilhelm", hat Bauer Lippe gesagt. Er hat seine große rote Hand auf die gefalteten Hände von Frau Lippe gelegt.

Den ganzen Weg über nach Hause haben Papa und Mama den Schlitten gezogen. Der ist leise über den Schnee gefahren. Der Himmel über uns ist wie eine große helle Decke gewesen. Und ich habe den Rücken von Papa und Mama gesehen. Manchmal haben sie leise gelacht.

PAPA KOMMT WIEDER

Plötzlich waren die ersten Schneeglöckchen da. Und Papa hat zu Mama gesagt: „Ostern ist der Krieg zu Ende. Da wird gefeiert, bis wir alle auf dem Kopf stehen.“
Aber vorher wollte Papa seinen 37. Geburtstag feiern. Der war am 12. März. Ich habe Papa am Morgen einen Serviettenring aus bunten Perlen geschenkt. Den hatte ich selber gebastelt, das hatte Fräulein Hanni mir gezeigt. Papa hat den Ring sehr schön gefunden. Er hat ihn am Abend den siebenunddreißig Gästen gezeigt, die er zu seinem 37. Geburtstag eingeladen hatte.

Die Gäste haben viel Krach gemacht. Ich habe in meinem Bett gelegen und nicht schlafen können. Weil ich, wie immer, zu klein war, mußte ich um neun Uhr ins Bett. Die Renate durfte, weil sie ja groß war, bis um zehn Uhr aufbleiben. Sie hat sich aufgespielt, als sie um zehn Uhr gekommen ist, und erzählt, der Papa hätte die Tante Stephanie geküßt und die Mama den Onkel Friedrich. Und sie, die Renate, hätte mit Papa einen Tango getanzt. „Pah!“ habe ich gesagt und bin aufgestanden. Papa hat nämlich jetzt laut gesungen. „Und dann schleich ich still und leise immer an der Wand lang“, hat er gesungen. Ich habe durch den Türspalt gesehen, wie der Papa an der Wand lang getanzt ist, im Flur, mit Großmutter. Und es hat sehr komisch ausgesehen, der große lange Papa und die kleine Großmutter. Sie hat große Schritte machen müssen und dabei gekichert. Und Papa hat sein Kinn auf ihr Haar gelegt und sie ganz fest gehalten.

Papa und Mama waren am anderen Morgen noch sehr lustig von Papas Geburtstag.
Aber als ich um zwölf Uhr aus der Schule gekommen bin, hat Mama im Wohnzimmer am Fenster gestanden und rote Augen gehabt. Ich habe von Mama wissen wollen, warum sie so rote Augen hat. Sie hat mich angesehen und in ihr Taschentuch geschnieft.
Papa hat an seinem Schreibtisch gesessen. Er ist aufgestanden, als Mama so geschnieft hat, und hat Mama an seine Brust gedrückt. Er hat gesagt, wir müßten jetzt alle sehr tapfer sein. „Auch du, Julia", hat er gesagt. Und der Mama helfen müßte ich auch, weil er ja jetzt nicht mehr da ist.
Ich habe Papa gefragt, wohin er denn geht.
„Ich bin einberufen!" hat Papa gesagt. Bei dem Wort „einberufen" hat Mama laut geschluchzt.
„Einberufen?" Ich wußte nicht, was das ist. Aber es mußte was Schlimmes sein, wenn Mama so darüber weinte.
Und auf einmal habe ich Angst vor dem Wort „einberufen" gehabt und Angst um Papa hatte ich auch. Ich habe mich zwischen die Beine von Papa und Mama geklemmt und geschrien, Papa soll nicht einberufen werden!
Es hat nichts genützt, daß ich es nicht wollte. Die Einberufung war ein Befehl vom Führer Adolf Hitler. Der Papa mußte Soldat werden.

Sophie ist ins Wohnzimmer gekommen und hat zum Essen gerufen. Als sie Mamas verweinte Augen gesehen hat, hat sie auch angefangen zu schluchzen. Und sie hat gerufen, daß der Charly nie, nie mehr wiederkommt aus dem Krieg. Und die Mama hat geweint, daß der Papa auch nie, nie, nie mehr wiederkommt.
Papa hat Mama losgelassen. Er ist jetzt ärgerlich gewesen. Er hat seine Hände in die Hosentaschen geschoben. Und ist

im Wohnzimmer mit großen Schritten hin- und hergelaufen.
„Also, erstens mal bin ich noch hier", hat er gesagt. „Und zweitens muß ich nicht gleich in den Krieg ziehen, sondern erst mal auf den Exerzierplatz nach Wiedenbrück. Und drittens verspreche ich dir", er hat die Hände aus den Hosentaschen genommen und Mama an den Schultern hin- und hergeschüttelt. „Und drittens verspreche ich dir, daß ich wiederkomme, und zwar bald." Und daß Mama schon mal die Pulle Sekt kalt stellen soll, die Großmutter ihm gestern zum Geburtstag geschenkt hat, das hat er auch gesagt.
„Wieso soll ich die Pulle Sekt kalt stellen?" hat Mama geheult.
„Weil wir sie trinken, sobald ich wieder zu Hause bin!" Papa hat den Kopf nach hinten geworfen und verkündet, daß er warmen Sekt nicht ausstehen kann.
Ich habe vergessen zu atmen, weil ich nachdenken mußte über das, was Papa da Mama versprochen hat. Und ich habe gedacht, daß Mama und Papa in der letzten Zeit viel versprochen haben, was sie dann aber doch nicht gehalten haben.
Mama hat Sophie versprochen, daß es überhaupt keinen Krieg mehr geben kann. Papa hat sich selber versprochen, daß er seinen Adler Trumpf Junior nicht mehr abgibt. Und jetzt verspricht der Papa der Mama, daß er ganz schnell wieder nach Hause kommt.

PAPA STELLT SICH DÄMLICH AN

An dem Morgen, als Papa mit seinem braunen Koffer weggegangen ist, haben Mama, Sophie, Renate und ich geheult.
Stefan hat gelacht. Er hat bei Fräulein Hanni auf dem Arm gesessen und „Papa! Papa!" gerufen. Papa hat getan, als wenn er es nicht hören würde. Er ist ganz schnell die Kanalstraße runtergelaufen.
Renate hat bei Mama am Arm gehangen. Emma und ich haben uns an den Bauch von Sophie gedrückt. Die Sophie hat mich dann aber mit der Emma stehen lassen. Als sie ihr Taschentuch in der Schürzentasche gesucht hat, fand sie die Socken. Sie ist wie wild hinter Papa hergerannt und hat ihm die selbstgestrickten grauen Socken in die Hand gedrückt. Für den Charly, wenn Papa ihn vielleicht treffen sollte.

Der Papa hat den Charly nicht getroffen. Charly war ja schon fertiger Soldat, und Papa mußte erst noch einer werden. Er hat das Soldatwerden auf dem Exerzierplatz in Osnabrück geübt. Nun war Papa zwar vom Führer einberufen worden. Aber berufen zum Soldaten war er nicht, das hat er immer gesagt. Und das hat er auch dem Feldwebel gezeigt, als er beim Rückwärtslaufen auf dem Exerzierplatz hingefallen ist. Als er wieder aufgestanden war, hat er gesehen, daß der rechte Handwurzelknochen gebrochen ist. „Sind Sie so dämlich oder stellen Sie sich nur so an?" hat der Feldwebel Papa angebrüllt. Papa hat es auch nicht gewußt.
Er ist am Samstag vor Ostern ins Lazarett nach Münster eingeliefert worden.

Mama, Renate und ich sind am Ostersonntagmorgen zuerst in die Lambertikirche auf dem Prinzipalmarkt und haben Gott gedankt, daß Papa sich den Arm gebrochen hat. Ich habe zwar nicht verstehen können, wieso ich für Papas gebrochenen Arm danken sollte, aber Mama bestand darauf.
Dann sind wir ins Lazarett zu Papa. Die Renate wollte plötzlich nicht mit rein. Sie hat vor dem großen gelben Haus in der Promenade gestanden und Angst gehabt. Mama hat ihr erklärt, daß ein Lazarett ein Krankenhaus für Verwundete ist. Da hat die Renate angefangen zu heulen und sie hat zu Mama gesagt, daß sie an das Bild von dem verwundeten Soldaten in der Zeitung denken muß. Der hat auf der Straße in Polen gelegen und ein zerschossenes Bein gehabt. Und sie will überhaupt keine Verwundeten sehen. Sie hat sich auf die grauen Stufen vor dem Haus gesetzt und sich geweigert, mit reinzugehen.

Papa hat in einem weißen Bett gelegen. Sein rechter Arm war ganz in weißem Gips. Es sind noch fünf andere verwundete Soldaten bei Papa im Zimmer gewesen. Auf jedem Nachttisch hat ein kleines braunes Osterlamm aus Kuchenteig gestanden, weil ja Ostern 1940 gewesen ist.
„Darf ich dein Osterlamm essen?“ habe ich Papa gefragt.
„Du darfst alles, was du willst“, hat Papa gelacht. Dann hat er meine Hände in seine heile Hand genommen und mich gefragt. „Na, Julia, was habe ich dir versprochen?“
Ich habe meinen Mund voll Osterlamm gehabt und konnte nicht nachdenken. „Ich habe dir versprochen, daß ich bald wiederkomme“, hat Papa gesagt und mir seinen linken Zeigefinger mitten auf den Bauchnabel gepiekst. Ich mußte lachen und habe ihm die Osterlammkuchenkrümel auf sein Bett gespuckt.

„Julia!“ hat Mama sich aufgeregt. „Wenn du dich so benimmst, kannst du Papa nicht mehr hier besuchen.“
„Wollt ihr mich hier vielleicht ganz allein liegen lassen?“ meinte Papa. Er hat gewußt, daß Mama wenig Zeit hatte wegen dem Geschäft.
Da habe ich Papa versprochen, daß ich ihn jeden Nachmittag besuche. Papa hat immer seinen Nachmittagskuchen oder sein Brötchen für mich aufgehoben, wenn ich gekommen bin. Und ich war sehr froh, daß Papa im Lazarett lag, da brauchte ich wenigstens nicht immer mit Fräulein Hanni und dem Stefan in den Park.

Nach vier Wochen haben sie Papa den Gips vom Arm genommen. Und der Arzt hat gesehen, daß Papas Hand schief an dem Arm angewachsen ist.
Ich habe es auch gleich gesehen. Da, wo die Hand zu Ende war und der Arm angefangen hat, stand der Knochen dick heraus. „Tut das weh?“ habe ich Papa gefragt.
„Ganz im Gegenteil!“ Papa hat den Knochen mit seiner linken Hand gestreichelt und sich richtig gefreut. Sein ganzes Gesicht hat gelacht. Und er hat mir aufgetragen, gleich nach Hause zu gehen und Mama zu sagen, daß sie den Sekt vom Geburtstag kalt stellen soll.
Mama hat mir nicht geglaubt, als ich das mit dem Sekt gesagt habe. Sie hat gemeint, ich hätte mal wieder nicht richtig zugehört.
Darum mußten Papa und Mama den Sekt am nächsten Tag warm trinken. Ich hatte nämlich doch richtig zugehört.
Der Papa hat am nächsten Tag beim Mittagessen plötzlich einfach in der Tür gestanden, mit seinem braunen Koffer und im blauen Anzug. „Erbsensuppe mit Speck!“ hat er gerufen und sich zu uns an den Tisch gesetzt, als wenn er nie weggewesen wäre.

„Für mich ist der Krieg aus. Verkrüppelte Soldaten will unser Führer nicht!" hat er gesagt und glücklich auf seine rechte Hand gezeigt. „Ich habe es sogar schriftlich, daß ich mit der Hand nie mehr ein Gewehr richtig halten kann."
Er hat Mama angegrinst. „Na, was sagst du nun?"

ONKEL EDUARD IST EIN NAZI

Der Küchenschrank war bunt von den Postkarten, die der Charly aus Polen geschickt hat.
Papa und Mama haben jetzt oft Sekt getrunken, immer wenn gute Meldungen über Siege der Deutschen Wehrmacht aus dem Radio gekommen sind. Fräulein Hanni und die Sophie durften auch mittrinken. Später hat es roten Sekt gegeben. Den hat Onkel Eduard, Mamas Cousin, aus Frankreich mitgebracht. Er war bei der Wehrmacht ein hohes Tier, wie Papa immer sagte.
Papa und Mama haben sich oft wegen Onkel Eduard gestritten. Einmal am Sonntagmorgen. Wir haben alle im Eßzimmer um den großen Frühstückstisch gesessen, auch die Emma. Die hatte ihren kleinen Holzstuhl neben meinem großen Stuhl stehen. Es hat Spiegeleier mit Speck gegeben, dazu hat die Musik aus dem Grammophon gespielt. Mama hat gemeint, daß es ein wahrer Segen ist, im Krieg ein Lebensmittelgeschäft zu haben, weil wir uns satt essen könnten.
„Müssen die anderen Leute denn verhungern?" habe ich Mama gefragt.
Papa hat mir erklärt, daß sie zwar nicht verhungern, aber viel zum Leben wäre das nicht, was es an Zuteilung auf den Lebensmittelmarken gäbe.
Dann hat Papa plötzlich geschnuppert. „Was stinkt denn hier so?" Er hat erst an Stefans Po gerochen, dann an Mamas Bluse. Seine Nasenspitze ist auf Mamas Bluse steckengeblieben. „Ha, du bist es!" Er hat ganz schnell den Kopf zurückgezogen und mit ausgestrecktem Zeigefinger auf Mama gezeigt.

„Ja, das bin ich", hat Mama spitz geantwortet. „Und ich stinke nicht, ich dufte nach dem französischen Parfum, das Eduard mir geschenkt hat."
„Ich kann dieses Zeug nicht ausstehen", hat Papa gesagt.
Mama hat ein paar Weißbrotkrümel von der weißen Tischdecke gepiekt und in den Mund gesteckt. „Du kannst nur den Eduard nicht ausstehen!" Sie hat die Krümel gekaut und Papa angesehen.
Papa hat mit den Fingern seiner linken Hand auf der Tischdecke Klavier gespielt. „Ich habe nichts gegen Eduard. Aber Eduard ist ein Nazi."
Mama hat an den langen Ärmeln ihrer rosa Bluse gezupft und gesagt, es sei ihr ganz egel, ob der Eduard ein Nazi wäre oder nicht.
„Was ist denn das, ein Nazi?" hat Renate die Mama gefragt.
„Davon verstehst du noch nichts", hat Mama gesagt. Sie hat Renate die Backe gestreichelt.
Renate hat den Kopf weggezogen. Sie wollte nicht gestreichelt werden. Sie wollte wissen, was ein Nazi ist. Papa hat es ihr erklärt.
Ich habe mein Käsebrot gegessen und zugehört.
„Also", hat Papa gesagt. „Ein Nazi ist ein Mitglied der Nationalsozialistischen Deutschen Arbeiter-Partei, kurz NSDAP genannt. Die NSDAP ist die einzige Partei, die es in Deutschland gibt. Der Oberste von dem Verein ist der Führer."
„Aha!" hat Renate gesagt. Sie hat ausgesehen, als wenn sie alles verstanden hätte, was Papa gesagt hat. Ich habe überhaupt nichts verstanden. Renate hat von Papa wissen wollen, ob es denn was Schlechtes ist, ein Nazi zu sein.
Papa hat die Haut unter seinem Kinn hin- und hergeschoben. „Wenn ich das wüßte", hat er gesagt. „Auf jeden Fall

haben die Nazis sich vorgenommen, die ganze Welt zu verändern."
„Aber das ist doch was Gutes", habe ich zu Papa gesagt. „Wo hier doch so ein Jammertal ist."
„Ein Jammertal?" Papa hat Falten auf seine Stirn bekommen. „Wie kommst du denn dadrauf?"
„Das steht in dem Kirchenlied, das wir für Religion auswendig lernen mußten", habe ich Papa erklärt. „Und darum ist es doch gut, wenn die Nazis aus dem Jammertal ein lustiges Tal machen."
„Aber doch nicht auf diese Art und Weise, mit Krieg und Gewalt und Totschießen!" hat Papa mich angefahren. Er hat böse ausgesehen, ich habe schnell meine Emma auf den Schoß genommen.
„Schrei doch das Kind nicht so an!" hat Mama gesagt. Und dann hat sie Fräulein Hanni, Renate, Stefan und mich aus dem Zimmer geschickt.
Ich habe am Schlüsselloch gelauscht, weil ich hören wollte, was Papa sagt. Aber Fräulein Hanni hat mich weggezerrt von der Tür und geschimpft. „So was macht man nicht", hat sie gesagt. Und dann ist sie mit Stefan und mir nach Sudmühle gefahren. Sudmühle war das Schwimmbad an dem Fluß Werse.
Renate brauchte nicht mit, sie durfte mit ihrer Freundin zum Paddeln. Wir sind mit den Rädern gefahren. Ich hatte Wut, weil ich nicht immer mit der Hanni und dem Stefan wollte. Und darum bin ich mit meinem Rad ganz schnell gefahren, gerast bin ich, so schnell, daß die Hanni mich nicht mehr sehen konnte. „Julia!" hat sie gebrüllt. Sie mußte ganz schön trampeln, weil der Stefan bei ihr auf dem Rad vorn in seinem Körbchen gesessen hat. Der war schon ganz schön schwer. Meine Emma nicht, die war leicht, sie ist bei mir im Körbchen auf dem Rad mitgefahren.

„Die dumme Kuh, die kann mich mal“, habe ich zu der Emma gesagt. Und mit der dummen Kuh die Hanni gemeint. – Da ist es passiert. Ich bin mit meiner Sandale auf der glatten Pedale ausgerutscht. Die spitzen Eisenzacken aus Metall haben mir die Ferse aufgerissen.
Es hat geblutet, getropft hat es. Ich habe getan, als wenn es überhaupt nicht weh tat und bin weitergefahren.

An der Kasse beim Schwimmbad haben Emma und ich auf die Hanni und den Stefan warten müssen. Als sie kam, hat sie gleich das Blut gesehen. „Julia, du blutest ja wie ein Schwein!“ hat sie geschrien. Sonst sagte sie „Wie ein Schwein“ ja nicht, weil es ein unanständiges Wort ist. Aber jetzt hat sie sich erschrocken.
Der Bademeister hat meinen Fuß in eine Mullbinde gewikkelt. Ich bin mit Emma durchs Schwimmbad gehumpelt. Die hatte auch einen Verband am Fuß, vom Bademeister. Er hat gemeint, wenn Emma auch einen verbundenen Fuß hat, ist es für mich nicht mehr so schlimm.
Auf der Mauer am Planschbecken habe ich Dieter und Lore entdeckt. Lore ist mit mir zusammen in die Klasse gegangen. Dieter war mein bester Freund. Im Sommer ist er neun Jahre alt geworden. Ich habe ihm zum Geburtstag Briefpapier geschenkt, mit Gänseblümchen drauf. Er hat gesagt, wenn er groß ist und ich groß bin, will er mich heiraten. Ich habe gedacht, wieso sitzt Dieter mit Lore auf der Mauer und habe mich zu ihnen gesetzt.
„Was willst du denn hier?“ hat die Lore gefragt. Der Dieter hat wissen wollen, warum ich einen Verband am Fuß habe.
Fräulein Hanni hat mit Stefan im Planschbecken geplanscht. Ich habe mit meinem rechten Fuß gespritzt.
„Julia, laß die Füße aus dem Wasser, sonst bekommst du

noch eine Blutvergiftung an der Ferse", hat Fräulein Hanni gerufen.
„Daß du das aushältst mit der", hat der Dieter gesagt. „In deinem Alter noch ein Kindermädchen."
„Ich würde durchdrehen!" Die Lore hat den Himmel angesehen. Und sie hat erzählt, daß sie mit dem Dieter allein mit dem Rad nach Sudmühle gefahren ist.
„Warum seid ihr nicht bei mir vorbeigekommen?" habe ich gefragt.
„Du darfst ja doch nie", hat der Dieter gesagt. „Und für ein Kindermädchen bin ich zu groß und daß du immer deine Puppe mitschleppst, finde ich auch doof." Er ist ins Wasser gesprungen. Die Lore auch.
Ich habe meinen rechten Fuß ins Wasser gestreckt und meinen linken, den mit dem Verband. Ich habe die Lore und den Dieter bespritzt. Der Verband ist braun und naß geworden. Eine Blutvergiftung hat es nicht gegeben. Aber eine dicke gelbe Eiterblase an der Ferse, die mußte der Arzt aufstechen.

Ich habe mich gefreut, als Fräulein Hanni einen Brief von ihrer Mutter bekommen hat. In dem Brief hat gestanden, daß die Hanni sofort nach Hause kommen soll. Ihr Vater ist Soldat geworden, und die Mutter von der Hanni wollte nicht allein in dem großen Haus in Heppenheim sein.

DIE PIMPI NÄHT DEN GRÜNEN MANTEL

Fräulein Hanni ist in Heppenheim bei ihrer Mutter geblieben. Ich hatte jetzt kein Kindermädchen mehr. Aber ich habe selbst oft ein Kindermädchen sein müssen. Beim Stefan nämlich. Das war sehr langweilig. Und ich habe gedacht, warum ausgerechnet ich so einen doofen kleinen Bruder habe.

Der Dieter hat Rollschuhe gehabt. Er ist am Nachmittag auf der Straße vor unserem Kinderzimmerfenster gefahren und ich habe ihm zugeguckt. Er wollte mich auch mal fahren lassen. Ich habe aber mit Stefan und den Bauklötzen spielen sollen. „Der kann doch allein spielen", hat Dieter gemeint. Da bin ich durchs Kinderzimmerfenster auf den Bürgersteig gesprungen. Es war höchstens ein Meter hoch.

Der Stefan hat hinter mir hergebrüllt. Und wie er gebrüllt hat! Sophie und Mama sind aus dem Geschäft gekommen, um zu sehen, was er hat. Die Sophie hat jetzt oft im Geschäft helfen müssen. Denn es ist vier Wochen vor Weihnachten gewesen, und der Führer Adolf Hitler hatte Sonderzuteilungen an Lebensmitteln bewilligt, damit die Menschen sich zu Weihnachten was extra Gutes kochen und backen konnten. „So hält er seine Schafe bei guter Laune", hat Papa gesagt, als er das von der Sonderzuteilung gehört hat. Und Mama hat mit ihm geschimpft, daß er so was sagt.

Sie hat auch mit mir geschimpft, als sie mich auf dem Bürgersteig mit den Rollschuhen vom Dieter entdeckt hat. Ich mußte sofort reinkommen. Mama hat gesagt, daß der Nikolaus, der bald kommt, alles vom Himmel aus sieht und in sein goldenes Buch einträgt. Und daß der Knecht Ruprecht eine Rute hat.

Der Nikolaus ist am 6. Dezember abends zu uns gekommen. Ich hatte mich unterm Tisch im Eßzimmer versteckt. Er hat mich aber gefunden und ich mußte mich vor ihn hinstellen und mein Gedicht aufsagen.

„Von weit vom Walde komm ich her.
Ich muß euch sagen, es weihnachtet sehr!"

Bei dem Knecht Ruprecht bin ich stecken geblieben, weil ich mich gewundert habe, daß der Nikolaus ohne den Knecht Ruprecht gereist ist. Papa, der Stefan auf dem Arm hatte, hat mir weitergeholfen. Und Mama hat ganz laut geatmet, als ich mit dem Gedicht fertig war.

Der Nikolaus war sehr lieb und freundlich. Er hat Renate und Stefan und mir eine Tüte mit süßen Sachen geschenkt. Es waren aber fast nur Plätzchen drin. Die haben Renate und ich am Abend in unserem Zimmer gegessen.

„Komisch", habe ich zu Renate gesagt. „Früher waren in der Tüte immer Schokolade und Nougat und Marzipan."

„Es ist ja auch Krieg. Du weißt doch, daß Schokolade knapp ist", hat Renate gesagt.

„Ja ist denn im Himmel bei den Engelchen auch der Krieg?" habe ich gefragt.

Renate hat mir einen Vogel gezeigt. Ob ich denn immer noch glaube, daß die Tüte vom Nikolaus aus dem Himmel kommt. Sie hat gesagt, daß der Nikolaus von vorhin überhaupt kein richtiger Nikolaus gewesen ist. Das war der Onkel Klaus, der Mann von Tante Doris. Die Renate hat gesehen, wie Onkel Klaus mit Papa in den Keller gegangen ist und nachher als Nikolaus wieder rausgekommen ist.

„Du lügst!" habe ich Renate angeschrien.

„Schrei doch nicht so!" hat sie mich angefahren. Und dann hat sie gesagt, daß es kein Christkind gibt.

„Kein Christkind?" Ich habe husten müssen, weil ich mich an den Plätzchenkrümeln verschluckt hatte. Renate hat mir

den Rücken geklopft. Ich habe vom Husten Tränen in den Augen gehabt.
„Wer bringt denn die Sachen zu Weihnachten, wenn es kein Christkind gibt?"
„Die kaufen Papa und Mama im Geschäft."
„Und meine Emma, wo ist die?"
Ich hatte nämlich die Emma vor drei Tagen auf die Fensterbank im Kinderzimmer gelegt, mit einem Wunschzettel. Auf den Wunschzettel habe ich dem Christkind geschrieben, daß ich für die Emma einen grünen Mantel wünsche mit Kapuze. Und unten an dem Mantel soll brauner Pelz sein.
„Komm mal mit", hat Renate gesagt. Sie ist mit mir in den Flur geschlichen. Papa und Mama waren ausgegangen. In der Küche hat kein Licht mehr gebrannt, die Sophie war schon rauf in ihr Zimmer gegangen. Renate hat mich ins Wohnzimmer gezogen. In dem großen braunen Buffett hat meine Emma hinten hinter den Tischdecken gelegen. Ganz nackt! Daneben ein Stück grüner Stoff.
„Wer näht denn den Mantel für die Emma?" Ich habe die Puppe unter mein Nachthemd geschoben.
„Den Mantel näht die Pimpi", hat Renate gesagt.
Die Pimpi war unser Nähfräulein. Sie ist immer zu uns gekommen, wenn der Flick- und Stopfkorb bis obenhin voll war. Oder, wenn der Renate ein Kleid zu kurz geworden war. Mama bestand darauf, daß ich die Kleider von Renate auftrug. Die Pimpi mußte sie dann für mich zurechtmachen. Darum konnte ich die Pimpi nicht leiden, obwohl sie sehr lieb und sanft war und so klein, daß Papa bei einem Küchenstuhl die Beine absägen mußte, damit die Pimpi überhaupt die Nähmaschine treten konnte.
Ich habe eine Wut gehabt, daß ausgerechnet die Pimpi für meine Emma den Mantel näht. Und Wut, daß Papa und Mama mich so belogen haben. Und Wut, daß die nackte

Emma im Schrank liegen mußte und warten, bis die Pimpi kam.

Am nächsten Tag ist die Pimpi gekommen. Nach dem Mittagessen, sie hat drei Teller voll Nudelauflauf gegessen, habe ich die Pimpi gefragt, ob sie für die Emma den Mantel näht.
Die Pimpi ist rot geworden und sie hat geflüstert, damit der Stefan es nicht hört, der auf dem Teppich gespielt hat, woher ich das weiß.
Ich habe ihr gesagt, sie soll mir sagen, ob sie ihn näht. Die Pimpi hat mit dem Kopf genickt. Die Locken, die sie auf ihrem Kopf mit Klemmen festgesteckt hatte, haben gewakkelt. Sie hatte am Morgen den Mantel für Emma genäht, als ich in der Schule gewesen bin.
Ich wollte den Mantel sehen. Aber den hatte Mama schon weggeschlossen. Und die Pimpi hat mich beschworen, daß ich bloß Mama nichts davon sagen soll, daß ich es weiß, daß die Pimpi den Mantel genäht hat, weil die Mama sonst bestimmt sehr enttäuscht sein würde.
Ich habe nichts verraten.

Aber die Mama ist dann doch enttäuscht gewesen. Und das ist von meinem Zeugnis gekommen. Das habe ich sechs Tage vor Weihnachten zu Beginn der Weihnachtsferien mit nach Hause gebracht. Ich habe mein Zeugnis Mama gezeigt. Sie hat im Geschäft hinter der Theke an der Waage gestanden. Auf der Waage war ein Glas, Mama hat versucht, mit dem Holzlöffel klebriges Rübenkraut aus dem Eimer in das Glas zu füllen, ein Pfund genau.
Als Mama die Fünf in Religion in meinem Zeugnis gesehen hat, ist der Löffel verrutscht. Das klebrige Rübenkraut ist auf die Waage geflossen. Mama hat nicht verstehen können,

wieso ich eine Fünf in Religion habe, wo ich doch jeden Sonntag mit ihr, Papa und Renate in die Kirche gehe. Sie war traurig und hat gemeint, daß Gott bestimmt auch traurig über mich ist.
Das habe ich aber nicht geglaubt, denn für die Fünf war unsere Lehrerin, die Frusenberg, verantwortlich. Die wollte immer, daß wir die Geschichten aus der Bibel auswendig lernen sollten. Ich bin zweimal drangekommen, einmal beim Barmherzigen Samariter und einmal bei der Geschichte vom Blinden, der wieder sehen konnte. Ich habe die Geschichten der Frusenberg genau erzählt und sogar noch ein bißchen dazu gemacht. Da hat sie mir die Fünf gegeben. Sie wollte nichts dazu, nur den Text, wie er in der Bibel gestanden hat. Mama hat gesagt, sie freut sich über die Drei in Schreiben und Singen und über die Zwei in Rechnen. Aber die Fünf würde bestimmt das Christkind im Himmel sehen und ob die Engelchen jetzt noch den grünen Mantel mit Pelz dran für die Emma nähen, das wüßte Mama nicht.
Ich habe mir nichts draus gemacht. Ich wußte ja von der Pimpi, daß der Mantel schon fertig war.

WARUM DIE MAMA GEWEINT HAT, DAS WEISS ICH NICHT

Die Sophie hat dem Charly ein Weihnachtspaket nach Polen geschickt. Vorher habe ich der Sophie beim Plätzchenbakken geholfen. Ich habe auf die Teigherzchen viele bunte Zuckerstreußel getan, damit der Charly mal wieder was lustig Buntes hat, wo er doch von der Sophie immer nur graue Socken und graue Pullover und graue Handschuhe bekommt.
Mama hat auch ein Päckchen mit selbstgemachten Plätzchen geschickt, an Onkel Eduard nach Frankreich. Darüber hat Papa sich aufgeregt. Onkel Eduard hätte in Frankreich genug zu essen, da brauchte ihm Mama nicht noch unsere Plätzchen schicken.
„Er ist immerhin mein Cousin und es ist Weihnachten", hat Mama sich gewehrt. Und sie hat Papa unter die Nase gerieben, daß am Heiligen Abend die Tante Adele, Papas Schwester, mit ihrer Tochter Gisela und mit Großmutter zu uns kommt, weil nämlich der Mann von Tante Adele, der Onkel Frank, als Soldat in Polen war.

Drei Tage vor Weihnachten hat Papa das Wohnzimmer abgeschlossen. Der Papa hat verkündet, das Christkind habe im Wohnzimmer zu tun.
Der Stefan wollte nicht mehr im Kinderzimmer spielen. Er hat im Flur seine Bauklotztürme aufgebaut. Zwischendurch ist er immer wieder zur Wohnzimmertür gelaufen und hat durch das Schlüsselloch geguckt, ob er das Christkind sieht.

Dann war der Heilige Abend da! Papa und Mama, die müde von der Arbeit im Geschäft waren, wollten sich erst ein bißchen hinlegen. Der Papa hat jedem von uns eine Mark in die Hand gedrückt und uns losgeschickt, die Krippen in den Kirchen anzusehen. Der Stefan hat seine Mark in der Lambertikirche in den Kopf von dem Mohren gesteckt, der vor der Krippe gestanden hat und für die Heidenkinder sammelte. Als die Mark durch den Schlitz im Kopf in den Bauch von dem Mohren gefallen ist, hat er mit dem Kopf genickt.

Im Dom vor der Krippe hat die Renate dem Mohren ihre Mark gegeben. Er hat auch mit dem Kopf genickt. Ich habe mir überlegt, daß zwei Mark genug für die Heidenkinder wären und wollte darum in der Überwasserkirche an der Krippe dem Mohren mein Geld nicht geben. Die Renate hat mir zugezischt, daß ich mich schämen sollte. Ich habe gesagt, ich will mich nicht dauernd schämen und habe mit meinem Fuß aufgestampft. Da hat, ich weiß auch nicht warum, der Mohr angefangen mit dem Kopf zu nicken. Rauf, runter, rauf, runter, rauf, runter. Da habe ich Angst bekommen und gedacht, ob es vielleicht ein Zeichen des Himmels ist und habe ihm schnell meine Mark in den Schlitz gesteckt und da hat der Mohr mit dem Kopfnicken aufgehört.

Als wir nach Hause kamen, hatte Mama schon ihr schwarzes Reinseidenes an. Tante Adele, Großmutter, meine Cousine Gisela und die Wawra waren auch schon da. Die Wawra war ein polnisches Mädchen, das von den Nazis gezwungen worden war, in Deutschland zu arbeiten. Die Wawra hat Tante Adele im Haushalt geholfen.
Sie konnte den feinsten, besten Streuselkuchen backen, polnischen Streuselkuchen.
Der Stefan ist im Flur herumgelaufen und hat bim- bim- bim

gerufen. Ich habe an meinen Fingernägeln gekaut und gewartet, daß endlich die Glocke vom Christkind bimmelt. Dann hat sie gebimmelt. Papa hat von innen die Tür aufgemacht. Er hat richtig schön in seinem schwarzen Anzug mit der silbernen Fliege ausgesehen und er hat Stefan auf seinen Arm genommen und ihn vor den Tannenbaum getragen. An dem Tannenbaum haben weiße Kerzen gebrannt und es waren silberne Kugeln an dem Baum und silbernes Engelshaar und oben auf der Spitze hat ein silberner Vogel mit einem roten Schwanz gewippt. Unter dem Tannenbaum war die Krippe mit Maria und Josef und dem Jesuskind und den Hirten und den Schafen. Die Maria hat ein blaues Kleid angehabt und der Josef einen grauen Mantel. Neben der Krippe unterm Baum hat die Emma gestanden, in schwarzen Lackschuhen und einem grünen Mantel mit Kapuze. Und an der Kapuze ist brauner Pelz gewesen und unten an dem Mantel war auch brauner Pelz und kleine rote gestickte Blumen waren auf dem Mantel. Ich habe gedacht, daß die Pimpi niemals so einen schönen Mantel gemacht haben kann. Ich wollte die Emma auf den Arm nehmen. Aber vorher mußte ich mein Gedicht aufsagen und die Renate und die Gisela auch.
Und dann wurde gesungen. „Ihr Kinderlein kommet!“ und „Stille Nacht, Heilige Nacht!“ haben wir gesungen. Bei der zweiten Strophe haben die Mama, die Tante Adele, die Sophie und die Wawra zu heulen angefangen. Und plötzlich hat die Sophie bei der Wawra im Arm gelegen und geschluchzt, daß es so schrecklich wäre, daß der Charly in Polen ist. Die Wawra hat auch geschluchzt, weil sie nicht in Polen ist. Die Tante Adele hat geweint, weil Onkel Frank in Polen ist, ganz allein, und sie ist der Mama in die Arme gefallen. Und die Mama hat auch geweint, aber warum, das habe ich nicht gewußt.

BRAUNE TEDDYBÄREN AM WEISSEN SONNTAG

Vor der Kommunion war die Beichte und vor der Beichte der Beichtunterricht. Den hat Kaplan Haltersberg jeden Mittwoch von drei bis fünf Uhr gegeben, im grünen Saal im Pfarrheim.

Kaplan Haltersberg hat uns in der ersten Stunde erklärt, was Sünde ist, in Gedanken, Worten und Werken. Mir ist es einmal heiß und einmal kalt an meinem Bauch geworden und ich habe festgestellt, daß ich ein sehr schlechter Mensch und ein großer Sünder bin.

Ich habe in Gedanken gesündigt am Sonntag, als ich der Renate zum Frühstück vergiftete Pilze gewünscht habe. Die Renate hat am Sonntag nämlich wieder zwei Spiegeleier bekommen, weil sie ja schon groß ist, und ich nur eins, weil ich ja klein bin.

Am Montag habe ich in Worten gesündigt, als ich den Stefan angebrüllt habe. Mit dem mußte ich in den Park, obwohl ich nicht wollte. Da habe ich ihm seinen roten Schal über dem Kopf zusammengebunden, er hat wie ein Osterhase ausgesehen. Der Stefan hat geheult und an dem Schal gezogen und ich habe ihn den blödesten Bruder von der ganzen Welt genannt.

Ein sündiges Werk habe ich am Dienstag getan. Da bin ich am Mittag, als Papa und Mama schliefen, ins Geschäft geschlichen. Ich wußte, der Schlüssel zum Schokoladenschrank lag unter der Kasse. Ich habe zwei Tafeln Schokolade geklaut, Mandel-Milch-Krokant-Schokolade.

In der Nacht nach dem Beichtunterricht habe ich nicht schlafen können, weil ich immer an die Hölle denken mußte.

Ich habe laut nach Papa und Mama geschrien und wollte ihnen alles erzählen. Aber als sie bei mir am Bett waren, habe ich mich nicht getraut und nur gesagt, ich hätte Zahnschmerzen.

Papa hat mich am nächsten Tag zum Zahnarzt geschickt. Der hat ein Loch im rechten Backenzahn gefunden und mir, weil ich so tapfer war, eine Handvoll Schokoladenplätzchen mit bunten Zuckerstreuseln geschenkt und er hat mich gelobt, ich wäre ein richtiges tapferes deutsches Mädel. Ich wollte aber viel lieber gut sein.
Papa und Mama haben sich gefreut, daß meine Zähne wieder gesund waren und ich nun wieder schlafen konnte.

Manchmal habe ich in der Nacht von der Hölle und dem Fegefeuer geträumt und wenn ich aufgewacht bin, hatte ich Angst. Ich habe mich an die Emma gedrückt, nur die war kalt und hart. Da bin ich zu Renate ins Bett ans Fußende gekrabbelt. Die Renate hat nichts gemerkt, aber ihre Füße waren warm und haben ein bißchen gerochen und da hatte ich keine Angst mehr.
Nach der Beichte ist alles besser geworden. Ich habe in dem dunklen Beichtstuhl Pfarrer Holsten alle meine Sünden gebeichtet und ihm gesagt, daß ich gerne ein guter Mensch sein möchte. Er hat Jüleken zu mir gesagt und mir meine Sünden vergeben.
Ich war darüber so froh, daß ich mir vorgenommen habe, bis zur Kinderkommunion Beherrschung zu üben und keine Süßigkeiten mehr zu essen. Einmal, weil Fastenzeit war, und dann auch, weil die Renate ihr Marmeladenglas immer mit Schokoladenstückchen voll gehabt hat und meins immer leer war. Stefan, Renate und ich mußten nämlich jeden Tag im Winter bis der Monat Mai kam nach dem Mittagessen ei-

nen Löffel Lebertran schlucken. Hinterher gab es ein Stückchen Schokolade, damit der widerliche Geschmack von dem dicken gelben Tran wegging. Stefan und ich haben die Schokolade immer gleich gegessen, die Renate hat ihre in dem Marmeladenglas, das auf dem Küchenschrank gestanden hat, gesammelt.
Mein Glas ist jetzt auch jeden Tag voller geworden, ich habe die Lebertranschokolade und alle Bonbons und Plätzchen, die ich bekam, aufgehoben, und ich bin mir sehr gut vorgekommen.

Aber dann ist die Sache mit den Teddybären aus Schokolade gewesen. Ich habe am Nachmittag zwei Flaschen Sahne in die Konditorei Schweiber an der Kreuzkirche bringen müssen. Die Flaschen hat uns Bauer Lippe geschenkt, aus der Sahne sollten die Eistorten für meine Kinderkommunion gemacht werden. Die Verkäuferin aus der Konditorei hat die zwei Sahneflaschen gleich in die Backstube getragen. Da habe ich den Teddybären aus Schokolade gesehen, er hat im Regal gelegen. So einen schönen braunen Teddybären aus Schokolade hatte ich noch nie gesehen. – Es ist über mich gekommen. Ich habe den Teddy ganz schnell aus dem Regal genommen und in meinen Mund gesteckt. Er war aus Vollmilchschokolade und hat sehr gut geschmeckt.
Die Emma hat zu Hause auf meinem Bett gesessen und mich mit ihren blauen Augen angesehen. Ich bin in die Küche, habe den Küchenstuhl an den Schrank geschoben und bin auf den Stuhl geklettert. Dann habe ich das Glas mit meinen Süßigkeiten vom Schrank geholt, habe mich zur Emma aufs Bett auf den Bauch geworfen und alles aus dem Glas aufgegessen.

Es war nur gut, daß wir am Samstag vor der Kommunion noch einmal beichten mußten. Pfarrer Holsten hat gesagt, die Sache mit dem Schokoladenteddybären wäre keine große Sünde. Es war ja auch nur ein ganz kleiner Teddybär. Und ich sollte nicht mehr daran denken und mich auf den Weißen Sonntag freuen.
Am Weißen Sonntag habe ich aber doch noch einmal an den Schokoladenteddybären denken müssen. Das war nach dem Mittagessen, als ich im weißen Kleid zwischen Papa und Mama saß und Sophie die Eistorte ins Wohnzimmer trug und sie genau vor mich hingestellt hat, weil ich ja die Hauptperson an dem Tag war. Auf der Eistorte hat eine rote Kerze gebrannt und rund herum um die Eistorte waren viele kleine braune Teddybären aus Schokolade.

VOR DER KASERNE, VOR DEM GROSSEN TOR

Aus dem Probealarm ist richtiger Alarm geworden. 1941 haben die englischen Flieger die ersten Bomben geworfen, die im Hafenviertel von Münster heruntergekommen sind und der Dieter ist mit dem Rad hingefahren und hat Granatsplitter gesammelt.
„Die wollen nur die Hafenanlagen am Dortmund-Ems-Kanal vernichten", hat Papa erklärt. „Uns in den Wohngegenden tun sie nichts, wo hier nur Frauen und Kinder und ein paar verkrüppelte Männer leben." Er hat seinen rausstehenden Knochen an der Hand gestreichelt.
Papa hat sich geirrt oder die feindlichen Flieger haben sich geirrt und die Hafenanlagen nicht mehr gefunden. Auf jeden Fall sind überall in Münster Bomben gefallen und an einem Abend ist das Kreuzviertel dran gewesen.

Es war an dem Abend, als die Renate und ich fünf Minuten vor zehn von Mama geweckt wurden, weil wir unbedingt das Lied von der Laterne vor der Kaserne hören wollten, das die Lale Andersen jeden Abend um zehn Uhr im Radio gesungen hat. Als ich um acht Uhr ins Bett gegangen bin, hat Mama drei Finger in die Luft gehalten und geschworen, sie wird mich ganz bestimmt um zehn Uhr wecken, wenn das Lied kommt.
„Vor der Kaserne, vor dem großen Tor, steht eine Laterne und steht sie noch davor!" hat die Lale Andersen gesungen. Ich war müde und habe überhaupt keine Lust gehabt, das Kasernenlied zu hören, und ich war froh, als es zu Ende war und ich wieder in mein schönes warmes Bett konnte. Als ich

im Nachthemd mit bloßen Füßen durchs Wohnzimmer gelaufen bin, weil ich zu müde war, um die Pantoffeln anzuziehen, hat Mama sich aufgeregt, daß ich mich erkälten werde. Papa hat sich aufgeregt, Mama sollte still sein, denn im Radio ist eine Meldung gekommen, daß Verbände feindlicher Flugzeuge den Raum Hamburg überqueren und Kurs auf Hamm-Rheine nehmen.

„Das dauert keine fünf Minuten, dann sind sie hier", hat Papa gesagt und da hat auch schon die Sirene zu tuten angefangen. Voralarm!

Ich hatte gerade meinen blauen dicken Skipullover und die blauen dicken Socken an, da ist schon der Hauptalarm gegeben worden. „Macht, daß ihr in den Keller kommt!" hat Papa gebrüllt. Ich habe im Laufen meinen Trainingsanzug angezogen und bin hinter Mama und Stefan und Sophie und Renate in den Keller, in den Luftschutzkeller. Der hatte Fenster und Türen aus Stahl.

Die Klalene, die in der zweiten Etage gewohnt haben, saßen schon auf ihren Holzstühlchen. Die Klalene waren Zwillinge, die eigentlich Klara und Helene hießen. Sie haben sich so ähnlich gesehen, ich konnte sie nicht voneinander unterscheiden, da habe ich die beiden einfach Klalene genannt.

Die Klalene haben sich an den Händen gehalten und mir freundlich zugenickt, als ich in den Keller gekommen bin. Ich habe auch genickt, denn ich konnte sie gut leiden, außerdem kannte ich die Klalene von allen Mietern aus dem Haus am besten, denn ich habe sie oft besucht. Immer, wenn ich Durst auf roten Tee und Hunger auf Margarinebrot mit saurer Gurke hatte. Die Klalene haben sich gefreut, wenn ich gekommen bin. Sie bekamen nicht viel Besuch, weil sie ja schon so alt waren. Papa hat ausgerechnet, daß sie zusammen bestimmt über hundertvierzig Jahre auf der Welt sind.

Wenn ich den roten Tee getrunken und die Margarinebrote im Wohnzimmer am Tisch auf der gehäkelten Spitzendecke gegessen hatte, durfte ich die zweite Schublade von der braunen Kommode mit den krummen Beinen aufziehen und mir eine Schleife aussuchen. Manchmal habe ich sehr lange gesucht, weil ich nicht wußte, ob ich eine rote, eine blaue, eine grüne oder eine gelbe nehmen sollte.
Neben der Klalene hat auf der Bank der Opa Kalbfuß gehockt. Seine Frau war im Krankenhaus. Er hat die graue Decke um seine Schultern gehabt und ganz allein ausgesehen und mir mit seinem rechten Zeigefinger zugewunken, daß ich mich zu ihm setzen soll. Ich bin zu ihm unter die Decke geschlüpft. Er hat seinen rechten Arm um meine Schultern gelegt, es war schön warm unter seiner Decke.
„Hoffentlich bringen sie die Anna im Krankenhaus runter in den Luftschutzkeller", hat Opa Kalbfuß gesagt. Die Anna war seine Frau. Mama hat ihn getröstet, die Anna wäre bestimmt im Luftschutzkeller und der im Krankenhaus sei bestimmt sicherer als unserer.
„Meinen Sie, daß unser Keller nicht sicher ist?" hat die Frau Bauer gefragt, sie hat ihr Baby im Arm hin- und hergeschaukelt.
„Was heißt schon sicher!" Die Frau Bärenfang, die im ersten Stock neben der Frau Bauer gewohnt hat, wollte anfangen von einer Familie im Hafenviertel zu erzählen, die auch gedacht haben, ihr Keller sei bombensicher. Und dann . . .
Mama hat schnell die Frau Bärenfang unterbrochen und vorgeschlagen, ob wir nicht Vier Ecken Raten und Schlapp den Hut machen sollten. Ich hatte keine Lust auf Schlapp den Hut. Ich habe meinen Kopf auf die Oberschenkel von Opa Kalbfuß gelegt und meine Beine auf die Bank und wollte schlafen.
„Sind alle drin?" hat Papa gefragt und da alle drin waren, die

Stahltür von außen zugemacht. Papa durfte nicht im Keller bleiben, er mußte auf dem Dachboden Wache halten, ob auf das Haus Brandbomben fielen, die sollte er dann in dem Eimer mit Sand löschen. Das hatte der Führer angeordnet. Kaum war die Tür zu, fing das Brummen an.
„Heute gibt's was“, hat Opa Kalbfuß geseufzt. „Ich spüre es bis in meine Knochen.“ Er hat seine Hand auf meine Backe gelegt und sie war warm wie die von Papa.
Ich habe aber die Hand von Opa Kalbfuß weggestoßen, weil ich nicht mehr liegen konnte, das Brummen ist immer stärker geworden, die Flak hat zu ballern angefangen, sie wollten die feindlichen Flieger abschießen.
Mein Kopf hat gedröhnt. Es war aber nicht mein Kopf, es war das Dröhnen im Keller, aus dem Dröhnen ist Rauschen geworden. Es hat überall gerauscht, überall, die ganze Luft im Keller ist voll von dem Rauschen gewesen und ich habe Angst gehabt, daß meine Ohren platzen. Die Bomben haben geknallt und gekracht. Ich habe meine Ohren zugedrückt, es hat nicht aufgehört zu krachen.
Der Stefan hat geschrien, das habe ich nicht gehört, aber gesehen. Er hat sich an Mamas Gesicht festgekrallt und den Mund offen gehabt. Und das Baby von der Frau Bauer hat geschrien, es hat die Augen beim Schreien zugekniffen.
Dann konnte ich das Baby, den Stefan und überhaupt niemand mehr sehen. Die Birne, die in der Decke eingeschraubt war, ist geplatzt, es war dunkel.
Ich habe gebrüllt, ich will Licht haben. „Ja, ja!“ Der Opa Kalbfuß hat mich rundherum festgehalten, seine Hände haben gewackelt.
Die Frau Bärenfang hat den Kerzenstummel angemacht und ich konnte wieder Stefan, Mama, Renate und Sophie sehen. Sie waren aber sofort wieder im Dunkel, weil die Kerze ausgegangen ist, als das Pfeifen anfing. Das Pfeifen ist durch die

Ohren in den Hals, in den Kopf, in den Bauch, in die Beine gekommen.
Opa Kalbfuß hat seine Hände in meine Arme verkrallt und „Anna! Anna!“ geschrien.
Ich war aber nicht seine Anna. Ich wollte zu Mama, habe mich losgerissen, bin hingefallen, mein Gesicht ist auf die Erde gefallen und ich habe gedacht, daß ich platt, ganz platt bin.
Und da hat es den Schlag gegeben!
Die Tür ist aufgeflogen, die Fenster sind aufgesprungen, die Scheiben sind zerrissen. Trümmerstaub ist in den Keller gekommen, in meine Augen, meinen Mund, meine Ohren.
Ich habe den Kopf gehoben, es war hell im Keller und hinterm Fenster war es hell und rot, obwohl es Nacht war.
„Es brennt!“ hat die Frau Bärenfang gerufen.
Aber Papa wollte doch aufpassen, daß es nicht brennt!
Mama hat mich mit auf ihren Schoß genommen. Stefan und ich haben uns an ihrem Hals festgehalten. Und plötzlich war Papa im Keller. „Seid ihr verletzt?“ hat er geschrien.
Niemand war verletzt.
„Das Haus vom Metzger Tolker brennt“, hat Papa gesagt. „Und vorn an der Ecke ist eine Luftmine runtergegangen.“

Als die Sirenen Entwarnung getutet haben, sind wir aus dem Keller auf die Straße. Das Haus vom Metzger Tolker hat wie eine Fackel gebrannt. Die brennenden Balken haben geknistert. Auf der Straße haben Steine, Fensterrahmen, Scherben, Dachziegel gelegen. Über den Himmel sind die Lichtstreifen der Flak getanzt.
„Geh mit den Kindern ins Haus“, hat Papa zu Mama gesagt. „Das hier ist nichts für euch.“

WIEDENBRÜCK

Am nächsten Abend hat Papa uns zu den Lastwagen gebracht, die auf der Aawiese gestanden haben. Die Lastwagen sollten Frauen und Kinder in die Dörfer und kleinen Städte rund um Münster bringen. Da sind keine Bomben gefallen.
Mama wollte auf keinen Fall von Münster weg. Sie wollte den Papa nicht allein lassen, Papa hat aber so lange geredet, bis die Mama doch wollte. Ich bin überhaupt nicht gefragt worden. Ich mußte mit, obwohl ich nicht wollte.

Als der Lastwagen, auf den wir verladen worden sind, voll war, ist er abgefahren. Papa hat in einem Knäul von Menschen schrecklich allein auf der Wiese gestanden und gewunken. Ich habe geschrien, er soll mitkommen. Er hat seine Hände an den Mund gelegt und auch geschrien. Ich konnte aber nichts verstehen, weil der Lastwagen so einen Krach gemacht hat. Ich habe geheult. Mein Gesicht war naß. In Telgte war das Gesicht von Emma auch naß, denn es hat angefangen zu regnen. Die Wiesen mit den Zäunen und die Bauernhöfe haben grau ausgesehen. Die Kühe haben sich unter den Bäumen zusammengedrückt.

Auf dem Marktplatz von Wiedenbrück hat der Lastwagen gehalten. Auf dem Marktplatz waren viele Menschen. Die haben ihren Hals gereckt und blöde geglotzt, wie wir vom Lastwagen abgeladen wurden. Ich bin beim Runterspringen in eine Pfütze getreten. In meine Sandalen und Strümpfe ist Wasser gekommen. Ich habe gefroren, als ich mit Stefan und Renate auf Mamas Koffer gesessen habe.

„Warum gucken denn die Leute uns so dämlich an?“ habe ich Mama gefragt.
„Die gucken nicht dämlich, die warten auf uns“, hat Mama gesagt. Sie hat sich über meine Bemerkung geärgert und mir erklärt, daß die Menschen da drüben sehr freundliche Menschen wären. Denn sie hätten sich bereit gefunden, uns in ihre Häuser aufzunehmen.
„Hoffentlich kommen wir nicht zu dem da drüben“, habe ich Renate zugeflüstert. Und ich habe auf den Mann gezeigt, der mit grüner Jacke und Holzschuhen an den Füßen und grüner Mütze auf dem Kopf neben seinem Holzleiterwagen gestanden hat. „Der stinkt bestimmt nach Kuhmist!“
„Mir egal, wohin ich komme“, hat Renate gesagt. „Hauptsache, es fallen hier keine Bomben.“

Wir sind dem Mann mit dem Leiterwagen nicht zugeteilt worden. Wir sind zu der Frau Schuwecke gekommen. Sie hat ganz helle, krause Haare gehabt und blaue Augen, die lustig waren. „Na, da seid ihr ja!“ hat sie gesagt und Mama den Koffer abgenommen. Wir sind hinter ihr hergelaufen, die Mama, der Stefan und ich und die Renate. In der Bahnhofstraße ist sie vor dem Schuhgeschäft mit den beiden großen Schaufenstern stehen geblieben. „So, da sind wir!“
Als sie die Tür zum Geschäft aufgeschlossen hat, hat sie gesehen, daß meine Strümpfe ganz naß waren. „Ja, hast du denn keine richtigen Schuhe bei dem Sauwetter?“ hat sie gefragt. Ich hatte meine richtigen festen Schuhe in Münster vergessen, weil das mit dem Abfahren so schnell gegangen ist.
Wir sind hinter der Frau Schuwecke über die schmale Holztreppe in den ersten Stock. Es hat gut gerochen im Flur. Und es hat immer besser gerochen. Der gute Geruch ist aus der Küche gekommen. Über dem gedeckten Küchentisch hat

eine rote Lampe gebrannt. Auf der Holzbank haben zwei Mädchen gesessen, die sind schon alt gewesen, bestimmt über zwanzig. Die eine hat helle, krause Haare gehabt. Die andere dunkle, krause Haare. Die mit den hellen Haaren war die Marie, die mit den dunklen war die Luise. Der Vater von den beiden hat an der Wand gehangen. Er ist damals Soldat in Frankreich gewesen. Der André hat auch am Tisch gesessen. Er hat einen kleinen dunklen Schnurrbart über der Lippe gehabt und dunkle Haare. Der André war französischer Schuhmacher, der nach Deutschland geschickt worden ist, als die deutschen Truppen Frankreich besetzt haben. Er hat bei Schuwecke in der Schuhwerkstatt gearbeitet.
Der André hat mir seine weißen Zähne gezeigt und er hat gelacht. Ich habe auch meine Zähne gezeigt und auch gelacht. Aber nicht wegen dem André. Ich habe gelacht, weil die Luise jetzt eine Platte mit Wurstebrot und Leberbrot und Grieben und gebratenen Apfelscheiben auf den Küchentisch gestellt hat. Dazu eine Schüssel mit Kartoffelsalat.
„Setzt euch hin und langt zu!“ hat die Frau Schuwecke uns aufgefordert. Mama, Stefan, Renate und ich haben uns mit auf die Eckbank gedrückt. Ich habe die Augen zugekniffen und meine Nase auch. Denn ich hatte Mama auf der Fahrt versprochen, daß ich mich in Wiedenbrück gut benehmen werde und beim Essen nicht gierig und unverschämt bin, weil wir ja nur zu Gast sind.
Aber obwohl ich mir meine Nase zugekniffen habe, ist der Duft von Grieben reingestiegen. Ich habe mir trotzdem nur eine Scheibe von jedem genommen, eine Scheibe Wurstebrot, eine Scheibe Leberbrot, eine Apfelscheibe und drei Grieben und einen Löffel Kartoffelsalat.
Mama hat sich überhaupt nichts genommen. Sie hat dagesessen und in ihrem Tee gerührt. Und zu Frau Schuwecke

hat sie gesagt, daß sie überhaupt nicht wüßte, wie sie der Frau Schuwecke mal alles wieder gut machen könnte. Und sie fände es sehr nett von Frau Schuwecke, die Mama, den Stefan, die Renate und mich in ihr Haus aufzunehmen. Frau Schuwecke hat gelacht und gesagt, die Mama soll nicht so viel reden. Und sie hat der Mama einen Berg voll Kartoffelsalat auf den Teller gegeben und zwei Scheiben Wurstebrot und zwei Scheiben Leberbrot und Apfelscheiben und Grieben. Und die Mama, die ja immer darauf besteht, daß alles, was auf dem Teller ist, aufgegessen wird, hat die Gabel genommen und gegessen. Und sie hat überhaupt nicht nach mir geguckt. Und da konnte ich mich richtig schön sattessen.

ROTE SCHUHE

Nach dem Frühstück habe ich die Mama genervt, weil ich unbedingt auf dem Puppenherd in der Küche Pfannkuchen backen wollte. Die Mama hat mir versprochen, daß ich zum Mittagessen kleine Pfannkuchen backen darf, denn Mama hat mit Frau Schuwecke ausgemacht, es soll zum Mittagessen Bohnengemüse mit Speck und Kartoffeln und Pfannkuchen geben. Eigentlich hat Mama der Frau Schuwecke im Geschäft beim Verkaufen helfen wollen. Das konnte sie ja auch gut aus Münster. Doch die Frau Schuwecke hat gemeint, im Geschäft kommt sie mit der Marie schon allein zurecht. Die Mama sollte lieber den Haushalt und das Kochen übernehmen. Das hat sonst immer die andere Tochter, die Luise, gemacht. Aber die mußte jetzt in der Waffenfabrik arbeiten.

„Natürlich übernehme ich den Haushalt", hat Mama zu Frau Schuwecke gesagt. Als die Frau Schuwecke ins Geschäft runter ist, hat sie sich an den Küchentisch gesetzt und die Ellenbogen aufgestützt, das Gesicht in ihre Hände gelegt und hat geweint.

Ich habe die Mama gefragt, warum sie denn weint. Sie hat geschluchzt und mit dem Rücken gezittert und gesagt, wie schrecklich es für sie ist, hier bei so fremden Leuten in Wiedenbrück zu sein und daß sie gar nicht weiß, ob sie es schafft, bei Frau Schuwecke den Haushalt zu übernehmen, wo das doch in Münster immer die Sophie gemacht hat.

„Brum, brum, brum!" hat Stefan gebrummt. Er ist mit seinem Teddy zu der Mama gekommen.

Mama hat gelächelt mit Tränen auf den Backen. Sie hat ge-

sagt, sie schafft es bestimmt. Und sie hat meine Backe gestreichelt.
Ich habe der Mama auch die Backe gestreichelt und gesagt, daß ich ihr ganz viel helfen will.
„Zuerst werde ich mal spülen", hat Mama gesagt. Sie hat Wasser in den silbernen Kessel laufen lassen und den Kessel auf den Gasherd gesetzt. Ich wollte das Kaffeegeschirr auf dem Tisch zusammenräumen. Aber die Mama hat gesagt, ich soll mit dem Stefan spielen. Ich wollte nicht mit dem Stefan spielen. Das konnte die Renate machen. Aber die Renate war nicht da. Als ich sie gesucht habe, hat sie auf dem Klo gesessen und verkündet, daß es bei ihr noch lange dauert. Da habe ich an die Tür gebumst und gebrüllt, sie soll ihr Pucki-Buch gefälligst später lesen.
„Julia!" Mama hat mich am Arm in die Küche gezerrt und geschüttelt und geschimpft, warum ich so einen Lärm in dem fremden Haus mache.
Ich habe dann mit dem Stefan auf dem Fußboden in der Küche Bauernhof gespielt. Der Stefan hat sich ziemlich dämlich beim Spielen angestellt. Er wollte nicht begreifen, wieso das Schwein nicht ga, ga, gack macht und die Hühner nicht grunz, grunz, grunz.
Ich habe keine Lust mehr gehabt und der Mama dann doch beim Abtrocknen geholfen. Das habe ich gut gekonnt. Denn wenn die Sophie in Münster beim Spülen ihre traurigen Lieder gesungen hat, habe ich oft das Geschirr abgetrocknet.
Dann hat mich die Mama ins Geschäft runter geschickt.

Im Geschäft war es voll. Es waren viele Kunden da, die ihre Schuhe reparieren lassen wollten. Und Frau Schuwecke hat mir gleich einen braunen Halbschuh in die Hand gegeben. Den sollte ich zum André in die Werkstatt bringen, damit er an dem Schuh eine Naht näht.

Ich war froh, daß ich helfen durfte, und bin über den Hof zum André. Es hat in der Werkstatt gut gerochen nach sauren Drops, das ist von dem Schuhleim gekommen. Ich habe an die Bonbongläser mit den bunten Bonbons gedacht. Die haben zu Hause im Geschäft auf der Theke gestanden, bevor der Krieg gekommen ist. André hat auf dem braunen Holzschemel gesessen und ein Stück Gummi zu einer Sohle geschnitten.
Er hat mich angelacht. Ich habe ihm den Schuh gezeigt und gesagt, er soll ihn bitte gleich nähen, ich will darauf warten.
Er hat noch mehr gelacht. Mit dem Kopf genickt und den Schuh zu den anderen Schuhen auf den Schustertisch geworfen. Dann hat er weiter an seiner Sohle geschnitten.
„Nähen! Jetzt!" Ich habe den Schuh vom Tisch geholt und ihm die offene Naht gezeigt.
Der André hat wieder mit dem Kopf genickt und mich mit den großen braunen Augen groß angeschaut.
„Nähen! Jetzt!" habe ich in die großen braunen Augen geschrien. – Aber er hat nichts begriffen.
Dann habe ich die Nähmaschine entdeckt. Ich habe mich auf den Stuhl gesetzt und den Schuh mit der offenen Naht unter die Nadel gehalten. – Jetzt hat er mich verstanden. Er hat mich vom Stuhl gestupst und hat die Naht von dem Schuh genäht.
Frau Schuwecke hat mich gelobt, als ich mit der genähten Naht gekommen bin. Ich durfte ihr helfen, Schuhkartons ins Regal zu räumen. Sie hat auf der Leiter gestanden, und ich habe die Kartons angereicht. Bei einem Karton ist mir der Deckel weggerutscht. „Oh!" habe ich geschrien. Und schnell die Schuhe aufgehoben, die rausgefallen waren. Dann habe ich nochmal „Oh!" geschrien. Die Schuhe sind nämlich so schön gewesen wie im Märchen, rot mit kleinen

blauen Kreuzstichen drauf. Auf der roten Lasche war eine kleine blaue Schleife.
„Das wär was für dich", hat Frau Schuwecke gesagt. Ich habe mit den Augen geklappert und gefragt, ob ich die schönen Schuhe Mama zeigen darf.

Mama hat die roten Schuhe überhaupt nicht angesehen. Sie hat im Küchenschrank nach Mehl gesucht und keins gefunden. Mama hätte lange suchen können im Küchenschrank, zum Glück habe ich das Mehl in der weißen Porzellandose auf dem Küchenbord gefunden. Auf der Dose hat in goldenen Buchstaben Mehl gestanden.
Mama hat einen Löffel Mehl nach dem anderen in die große Backschüssel getan. Dabei hat sie die roten Schuhe angesehen. Sie hat sie auch schön gefunden. Aber sie hat gesagt, ich könnte die roten Schuhe trotzdem nicht bekommen. Es hat nämlich Schuhe nur noch auf Bezugsschein gegeben, so, wie es Lebensmittel nur noch auf Lebensmittelkarten gab. Mama hat aber keinen Bezugsschein für mich gehabt. Sie mußte erst wieder einen für mich auf dem Amt in Münster beantragen.
Ich habe zu Mama gesagt, ob die Frau Schuwecke mir vielleicht die roten Schuhe schenkt. Da ist Mama böse geworden und hat gezischt, wie unverschämt und unbescheiden ich bin. Weil die Frau Schuwecke uns schon in ihr Haus aufgenommen hat, kann sie mir jetzt auf keinen Fall die roten Schuhe schenken.
Mama hat rote Flecken an ihrem Blusenausschnitt gehabt. Da habe ich gedacht, ich bin lieber still und bin mit den Schuhen runter.
Auf der Treppe habe ich mich hingesetzt. Zuerst habe ich den linken Schuh anprobiert, der hat gepaßt. Dann habe ich den rechten Schuh anprobiert, der hat auch gepaßt. Ich habe

meinen Kopf auf die Knie gelegt und die roten Schuhe angesehen. Sie sind wirklich so schön wie im Märchen gewesen. Und ich habe mir vorgestellt, wie jetzt unten im Geschäft die Tür aufgeht und eine gute liebe Fee kommt und fragt, ob ich vielleicht die Märchenschuhe haben will.

Die Tür ist wirklich aufgegangen. Und die liebe gute Fee war Frau Schuwecke. Und sie hat mich gefragt, ob ich vielleicht die Märchenschuhe haben will.

LÜGENGESCHICHTEN

Mit den neuen roten Schuhen bin ich in die Volksschule in Wiedenbrück gegangen. Mama hat mich zur Schule gebracht. Sie hat mich an der Hand gehalten und gesagt, ich soll keine Angst haben.
Ich habe auch keine Angst gehabt!
Der Rektor der Schule hat in seinem Büro unter dem Bild des Führers gesessen. Er hat „Heil Hitler" gerufen.
„Guten Tag!" hat Mama gesagt. Sie hat mich vor sich hingestellt und erklärt, daß ich für kurze Zeit die Volksschule in Wiedenbrück besuchen soll. Nur für kurze Zeit, bis der Krieg vorbei ist.
Der Rektor hat Mama weggeschickt. Er hat ein finsteres Gesicht gehabt und gefragt, ob ich weiß, wie der Führer mit Vornamen heißt. „Er heißt Adolf", habe ich gesagt. Und war froh, weil ich es wußte.
Er hat aber weiter ein finsteres Gesicht gehabt und mich gefragt, ob ich auch den Geburtstag vom Führer weiß. Ich habe ihn nicht gewußt und überlegt. Aber ich wußte ja nicht mal, wann Papa Geburtstag hat. Ich habe auf meine roten Schuhe gesehen. Auf den Schuhspitzen sind kleine braune Spritzer vom Matsch draufgewesen. Ich habe mein Taschentuch mit Spucke naßgemacht und die Spritzer weggewischt.
„Was machst du denn da?" hat er mich angefahren.
„Meine neuen Schuhe putzen, die mir die Frau Schuwecke geschenkt hat, obwohl ich keinen Bezugsschein gehabt habe", habe ich ihm erzählt.
Sein Gesicht ist jetzt noch finsterer geworden. Und er ist mit dem Kopf ganz nah an meinen Kopf und hat gefragt, seit wann die Frau Schuwecke denn Schuhe verschenkt.

„Ich, ich weiß nicht“, habe ich gesagt und gestottert, weil ich Angst gehabt habe. Und weil mir eingefallen ist, wie die Frau Schuwecke gesagt hat, ich dürfte niemand verraten, daß sie mir die Schuhe ohne Bezugsschein gibt. Der Führer hat nämlich befohlen, nur noch Schuhe gegen Bezugsschein zu verkaufen.
Der Rektor hat mich plötzlich am Arm gepackt. „Komm!“
Ich bin hinter ihm den Flur lang gelaufen. Da waren viele Türen. An der letzten Tür ist er stehengeblieben und ist mit mir in die Klasse.
Der Rektor hat „Heil Hitler“ gebrüllt. Die Kinder und die Lehrerin sind aufgesprungen und haben auch „Heil Hitler“ gebrüllt.
„Setzen!“ hat der Rektor geschrien. Sie haben sich gesetzt. Nur die Lehrerin ist stehen geblieben. Der Rektor hat mich bei der Lehrerin abgeliefert. Sie hat Maulberg geheißen.
Frau Maulberg hat zu mir gesagt, ich soll mich in die dritte Bank setzen, weil da ein Platz frei ist.
Ich war froh, als ich in der dritten Reihe saß. Alle haben mich angeguckt. Ich glaube, ich bin rot wie meine roten Schuhe gewesen.
Der Junge, der neben mir gesessen hat, hat mir seinen Ellenbogen in die Rippen gehauen und gegrinst, daß er Fritz heißt. Er hat wissen wollen, wie ich heiße.
Ich habe ihm gesagt, ich heiße Julia. Er hat gefragt, wo ich herkomme. Ich habe ihm erklärt, ich komme aus Münster.
„Aus Münster?“ – Der Fritz hat seinen Finger hochgehoben und Frau Maulberg, Frau Maulberg geschrien. Und er hat auch geschrien, daß ich aus Münster komme. Und ob ich nicht was von den Bomben aus Münster erzählen könnte.
Ja, von den Bomben, haben die anderen Kinder geschrien.
Ich wollte nicht von den Bomben erzählen. Und ich wollte

auch nicht nach vorn kommen und mich vor die Klasse stellen. Und ich wollte auch nicht von dem letzten Luftangriff auf Münster berichten.
Aber die Kinder wollten und Frau Maulberg wollte.
Da mußte ich!

Am anderen Tag hat mir Frau Maulberg einen Brief an Mama mitgegeben. Und am nächsten Tag ist Mama zu Frau Maulberg in die Schule. Am Mittag nach der fünften Stunde.
Frau Schuwecke, Marie, André, Renate, Stefan und ich haben in der Küche mit dem Essen auf Mama gewartet.
Sie war weiß, als sie gekommen ist. Hat den kleinen schwarzen Hut mit dem schwarzen Netz vom Kopf genommen, ihn auf ihren Stuhl gelegt und sich draufgesetzt.
Da wußte ich, es ist was Schlimmes passiert. Denn Mama war eigen mit ihrem kleinen schwarzen Hut.
Sie ist still und starr gewesen. Frau Schuwecke hat ihr die Schüssel mit Linsensuppe hingeschoben. Nur, Mama hat nicht essen wollen.
Ich bin aufgestanden und habe beide Arme um Mama gelegt und gefragt, warum sie denn so traurig ist. Da hat sie mich weggestoßen und mich angeschrien, nie, nie hätte sie gedacht, daß ich so was mache.
„Was habe ich denn gemacht?“ habe ich gefragt.
„Was du gemacht hast?“ hat sie geschrien. Die Tränen sind ihr aus den Augen geschossen. „Du hast Lügengeschichten erzählt. Lügengeschichten von dem Angriff auf Münster. Daß du verschüttet warst. Und daß Opa Kalbfuß heute noch verschüttet ist. Und daß er heute noch unter der Erde sitzt und Klopfzeichen gibt. Und daß Oma Kalbfuß mit der Spitzhacke nach ihm gräbt. Und daß der Papa auf dem Dachboden sitzt und die Brandbomben mit der bloßen

Hand auffängt. Das ist doch alles gar nicht wahr. Warum erzählst du solche Lügen vor der Klasse?“ Mama hat geheult. Und sie hat geschluchzt und gesagt, sie schämt sich, so eine verlogene Tochter wie mich zu haben.
Ich habe mich auch geschämt, weil nämlich die Frau Schuwecke, die Marie, der André, die Renate und Stefan mich angestarrt haben, wie die Kinder aus der Klasse, als sie von den Bomben aus Münster hören wollten.
Und ich habe mich auch geschämt, weil ich das von Opa und Oma Kalbfuß und von Papa erzählt habe, obwohl ich das bestimmt nicht erzählen wollte. Das ist mir nur einfach eingefallen, als ich an den Luftangriff und die Nacht im Keller gedacht habe.

ANDRÉ

Mama hat verordnet, daß ich zur Strafe jeden Mittag eine Stunde schlafen soll, und zwar mit ihr und Stefan zusammen nach dem Essen in der kleinen Schlafkammer. Dann würden mir meine Lügengeschichten wohl vergehen, hat Mama gemeint. Sie sind mir aber nicht vergangen. Als ich im Bett gelegen habe und nicht schlafen konnte, sind sie mir erst richtig eingefallen. Das habe ich Mama gesagt. Sie hat gefragt, was das für Geschichten sind. Das habe ich aber nicht gesagt, denn sie waren ganz schrecklich.
In der einen Geschichte ist die Frau Maulberg ein widerlicher Floh gewesen. Der Floh hat bei Mama im Bett gesessen und die Mama gebissen, überall hat er sie gebissen. Die Mama hat den Floh fangen wollen, aber das konnte sie nicht. Da hat sie geschrien „Julia, hilf mir doch!“ Aber ich habe ihr nicht geholfen, den Floh zu fangen. Ich habe einfach getan, als wenn ich schlafen würde.

Am dritten Tag hat es Mama nicht mehr mit mir ausgehalten. Sie hat mich aus der Schlafkammer geworfen, weil ich sie mit meiner Kribbeligkeit ganz kribbelig gemacht habe. Sie hat geschimpft und nicht gewußt, womit sie so ein Kind wie mich verdient hat, und ich wäre vollkommen mißraten.
Ich habe mich wieder schämen müssen, wo ich so mißraten war. Und ich habe an Sophie gedacht, der ist einmal ein Käsekuchen mißraten.
Ich habe mich mit der Emma auf die Treppe von Andrés Schuhwerkstatt gesetzt. Und ich habe die Emma naßgeweint. André war in der Werkstatt. Er hat auf seinem Stuhl geschlafen. Mein Weinen hat ihn geweckt. Er ist rausge-

kommen, hat die Hände und die Augen in den Himmel gehoben und mich etwas gefragt. Ich habe es aber nicht verstehen können, denn es war französisch. Und ich konnte André auch nicht sagen, warum ich weine, denn das konnte er ja nicht verstehen.

Er hat sich zu mir auf die Treppe gesetzt und gut nach Schuhleim gerochen. Da hat er gesehen, daß die Emma keine Schuhe anhat. Die Schuhe hat sie auf der Fahrt mit dem Lastwagen verloren.

André ist mit der Emma in seine Werkstatt. Er hat aus der Restekiste einen roten Lederflicken geholt und für Emma niedliche rote Lederpantoffeln genäht.

Als André die niedlichen Pantoffeln fertig gehabt hat, habe ich ihm einen Kuß gegeben. Auf die Backe und ich habe gesagt, daß André sehr gut nähen kann.

Er hat auch gut malen können. Er hat in mein Rechenheft gemalt. Zuerst seine Frau, die Marie geheißen hat. Sie hat Ringellocken und ein Blümchenkleid angehabt. Dann hat er Paul, seinen Sohn gemalt. Unter den Paul hat er eine zwölf geschrieben, weil der Paul zwölf Jahre alt war. Die Nicole, seine Tochter, hat Schleifen an den Zöpfen gehabt. Sie war sechs Jahre alt.

Ich habe André gebeten, mir von Marie, von Paul und von Nicole zu erzählen.

André hat mit dem Bleistift erzählt. Von dem Haus, in dem sie gewohnt haben, von der Straße, von dem Garten mit den Kletterrosen und von der Katze und dem Kaninchen.

Dann habe ich erzählt. Ich habe nicht so gut malen können wie André. Aber André hat mich trotzdem verstanden.

Ich habe ihm von Papa, von Sophie, von Pimpi und von Großmutter erzählt. Von dem Dackel, den wir zwar noch nicht hatten, aber den ich mir schon immer gewünscht habe, habe ich André auch erzählt. Und von dem kleinen Kirsch-

baum, der bei uns im Hof stand, und der grünen Bank und dem Sandkasten und den drei goldenen Goldfischen im Goldfischteich habe ich André erzählt. Das alles hat sehr hübsch auf dem Bild ausgesehen. Ich habe mir vorgenommen, Papa zu bitten, wenn der Krieg aus ist, mir einen Kirschbaum, eine grüne Bank, einen Sandkasten und drei goldene Goldfische im Goldfischteich zu schenken.
Jeden Tag ist mein Rechenheft voller geworden, von den Bildern, die André und ich gemalt haben.

Als nur noch drei Seiten frei waren, hat Papa angerufen und gesagt, daß kaum noch Bomben fallen und wir nach Hause kommen sollen.
„Ist jetzt der Krieg aus?" habe ich Mama gefragt.
„Noch nicht ganz, aber bald", hat Mama gesagt. Sie hat richtig glücklich ausgesehen.
Ich habe André ein Bild von dem Lastwagen gemalt, der uns von Wiedenbrück nach Münster bringt. Mama, Renate, Stefan, Emma und ich waren auf dem Lastwagen. Der Lastwagen ist auf einer graden Straße gefahren. Auf die Straße habe ich Münster geschrieben. Und am Ende der Straße hat Papa gestanden. Er hat die Arme hoch gehabt und Juchhu gerufen. André hat auch ein Bild gemalt. Er hat André gemalt, mit Tränen auf den Backen.

VIERZIG GRAD

Die Sophie hat auch Tränen auf den Backen gehabt, als wir Ende 1941 nach Münster zurückgekommen sind. – Die Sophie hat ihren Bräutigam, den Charly, verloren. Ihn hat in Rußland eine Kugel getroffen. An seinem Bild, das über Sophies Bett gehangen hat, war eine schwarze Schleife. Die Sophie hat in ihrem schwarzen Rock, dem schwarzen Pullover und den schwarzen Strümpfen sehr traurig ausgesehen.

Sie hat zu Mama gesagt, sie wird nie, nie einen anderen Mann heiraten. Und sie hat ihre weißen Brautschuhe schwarz gefärbt und zu dem Bild vom Charly an die Wand gehängt.

Sie war eine ganz andere Sophie als früher. Nur am Mittag, wenn sie in der Küche beim Spülen ihre traurigen Lieder gesungen hat, da habe ich sie wiedererkannt.

Sophie hat auch keine grauen Socken mehr gestrickt. Sie hat Mama geholfen, bunte Wollflicken für eine Wolldecke zu stricken. Sepha, unsere Verkäuferin, hat auch dabei geholfen. Mama hat die vielen bunten Wollflicken aneinander gehäkelt.

Wir haben in der Schule auch Stricken gelernt und auch Flicken aus Wollresten gemacht. Die Decke, die unsere Klasse für einen Soldaten an der Front gemacht hat, war sehr lustig und warm. Von mir war kein bunter Flicken dabei, mein Strickstück ist nach oben hin immer kleiner geworden. Da habe ich es mit Häkeln versucht. Aber Frau Kleinschwab, unsere Handarbeitslehrerin, hat mir das Häkeln gründlich verdorben.

Sie hat gesagt, ich halte die Häkelnadel wie eine Mistgabel. Und sie muß weggucken, wenn sie mich häkeln sieht.

Im Winter 1942 ist es kalt geworden. An der Front in Rußland sind, wie sie im Radio gesagt haben, vierzig Grad gewesen. Die Menschen sind vom Führer aufgefordert worden, warme Kleidung für die Soldaten zu spenden.
„Die armen Soldaten!" hat Mama gesagt. Sie hat ihren schwarzen Pelzmantel gespendet. Der ist bei einer Sammelaktion am Abend nach dem Abendessen abgeholt worden. Papa war nicht zu Hause, er war bei seinem Stammtisch.
Ich bin in meinem Bett von dem Lärm aufgewacht, den Papa mit Mama gemacht hat, weil sie den Mantel verschenkt hat. Papa hat geschrien, so was Dämliches wie Mama hätte er noch nie erlebt. So einen schönen Mantel wegzugeben, noch dazu, wo Papa den Mantel Mama geschenkt hat.
Mama hat geschrien, sie hätte das alte schwarze Ding lange genug getragen. Und ob denn Papa noch nie was von Nächstenliebe gehört hätte.
Papa hat gelacht. Aber es klang nicht lustig. Und er hat gebrüllt, daß nicht so ein armes Soldatenschwein in Rußland Mamas schönen schwarzen Pelzmantel bekommt, sondern irgendein Bettfräulein von einem SS-Heini.
Mama hat gebrüllt, Papa hätte eine schlechte Phantasie. Und er solle endlich ruhig sein, damit die Kinder ihn nicht hören.
Papa hat geschrien, die Kinder müßten endlich mal aufgeklärt werden, was das mit der SS auf sich hätte.
Ich war müde und habe die Decke über meine Ohren gezogen.
Am anderen Morgen habe ich Papa nach der SS gefragt. Er hat wissen wollen, wie ich darauf komme. „Nur so", habe ich gesagt. Papa hat mir erklärt, daß die SS die Lieblingstruppe vom Führer ist.
„Ist sie gut oder ist sie schlecht?" habe ich gefragt.
„Ich weiß es nicht", hat Papa gesagt.

Vier Tage später habe ich gewußt, daß die SS was Schlechtes sein muß. Da hat nämlich Tante Berta, Mamas älteste Schwester, bei uns auf der braunen Couch gesessen und ihr grünes Taschentuch naß geheult. Sie hat geheult, weil ihr Sohn, der Friedrich, sich freiwillig zur SS gemeldet hat. Papa und Mama haben bei ihr gesessen und haben sie getröstet, obwohl im Geschäft viele Kunden bedient werden wollten.

Tante Berta und Mama haben einen ganzen Kasten Zigaretten leer geraucht. Und als ich eine neue Packung aus dem Geschäft ins Wohnzimmer bringen sollte, da habe ich gehört, was der Papa zu Tante Berta gesagt hat. Er hat gesagt: „Wenn der Friedrich sich freiwillig zur SS gemeldet hat, kannst du nichts machen. Wenn die von der SS erst mal einen in den Klauen haben, geben die ihn nicht mehr her."

„Aber er ist doch noch ein Kind, gerade achtzehn", hat Tante Berta geschluchzt. „Er weiß doch gar nicht, was er tut."

„Aber die von der SS wissen ganz genau, was sie tun. Die tun alles, was der Führer von ihnen verlangt", hat Papa gesagt.

MEIN ROTER SCHUH

Der Krieg ist immer weiter gegangen und die Luftangriffe auf Münster sind wieder immer mehr geworden.
Papa und Mama haben sich oft gestritten. Papa hat gewollt, daß Mama mit uns Kindern entweder nach Wiedenbrück oder irgendwo ins Münsterland geht. Hauptsache an einen Ort, wo keine Bomben fallen.
Mama hat gesagt, sie sitzt lieber jede Nacht im Keller, als irgendwo im Münsterland. Und ich habe das auch gesagt. Wir haben jede Nacht im Keller gesessen. Mir hat das überhaupt nichts ausgemacht.
Wenn Voralarm war, hat Papa „Aufstehen!" geschrien. Renate und ich sind auf, wir sind im Dunkeln durchs Zimmer gelaufen. Licht durften wir wegen der feindlichen Flugzeuge nicht machen. Wir brauchten auch kein Licht. Wir wußten genau, wo unsere Sachen lagen und hatten das Anziehen geübt. Sie lagen auf der Heizung neben der Tür. Zuoberst lag meine Unterhose, dann mein Unterhemd, dann das Leibchen mit den Strumpfbändern, die Strümpfe, der Pullover, die Trainingshose, die Trainingsjacke. Unter der Heizung standen meine roten Schuhe. Ich habe mich wie im Schlaf angezogen. Bin wie im Schlaf in den Keller runter. Habe im Keller auf der Bank weitergeschlafen. Wenn der Alarm vorbei war, bin ich wie im Schlaf wieder nach oben in mein Bett.
Es ging richtig gut.

Aber dann kam der Vorsitzende vom Luftschutzverband und hat unseren Keller besichtigt.

Er hat festgestellt, daß der Keller nicht sicher ist. „Nicht bombensicher“, hat er gesagt.
Wir mußten nun jede Nacht in den Bunker. Renate und ich schliefen in unseren Trainingsanzügen. Bei Voralarm sind wir gleich losgelaufen, Mama, Stefan, Renate, Sophie und ich. Der Bunker war hinter der Promenade. Wenn wir schnell rannten, haben wir es in zehn Minuten geschafft.
Papa hat Mama gefragt, ob sie es mit ihrem Gewissen vereinbaren kann, mit den Kindern weiterhin in Münster zu bleiben. Mama konnte es mit ihrem Gewissen nicht vereinbaren, wollte aber trotzdem nicht aus Münster raus.
Papa und Mama sind zu dem Entschluß gekommen, uns in ein Kinderheim zu geben.
Ich war in einem Kinderheim gewesen. Da mußte ich in einem weißen hohen Gitterbett aus Eisenstangen schlafen, obwohl ich schon fünf Jahre alt war.
Ich habe versucht, Papa und Mama von dem Kinderheim abzubringen.
Es hat nichts genützt. Als die Sache mit meinem roten Schuh passiert ist, war es soweit.

Mama hatte mich kurz vor sechs Uhr am Abend losgeschickt, um Milch zu holen. Das Milchgeschäft Kersten hat um die Ecke gelegen, am Ende der Ferdinandstraße. Es hat geregnet und gefroren, die Straße war glatt.
„Damit du mit der Milch nicht hinfällst, ziehst du dir ein paar alte Socken von Papa über die Schuhe“, hat Mama gesagt. Ich mußte mich auf die Holztreppe im Geschäft setzen und mir von Mama graue Socken über meine roten Schuhe ziehen lassen. Ich wollte keine grauen Socken und habe geheult, weil es so scheußlich ausgesehen hat.
Mama hat sich aufgeregt, wie ich nur so eitel sein kann. Und sie hat geschimpft, daß ich lieber an die Milch denken soll,

aus der uns Sophie zum Abendessen eine heiße Vanillesuppe kochen soll. Und es wäre eine Katastrophe, wenn ich mit der Milch hinfalle, wo es doch nur zugeteilte Milch gibt. Das wäre wenig genug, aber doch mehr, als andere Familien bekommen, weil nämlich der Stefan noch im Kleinkindalter ist.

Ich bin mit der Milchkanne, dem Geld, dem Milchabschnitt und den grauen Socken los. Die Ferdinandstraße war glatt, so glatt wie eine Schlitterbahn. Ich habe die grauen Socken ausgezogen, in die Tasche gesteckt und bin zu dem Milchgeschäft Kersten geschlittert.

„Da kommt ja unser Jüschken!" Frau Kersten hat gelacht.

Ich habe die Milchkanne auf die Theke gestellt und Frau Kersten erzählt, die Sophie will uns eine heiße Vanillesuppe kochen.

„Milchsuppe ist gesund für Kinder", hat Frau Kersten gesagt. Und die Milchkanne bis oben mit Milch voll gemacht. Obwohl auf dem Abschnitt von der Lebensmittelkarte nur ein Liter gestanden hat. Ich habe einen Knicks gemacht und mich bedankt.

„Paß auf, daß du nicht hinfällst", hat Frau Kersten gesagt.

Ich habe aufgepaßt und die Milchkanne vorsichtig über die Ferdinandstraße getragen. Es ging gut, denn ich bin nur gegangen, wo die Leute Asche auf das Eis gestreut hatten.

An der Bäckerei Laupp hat plötzlich die Sirene angefangen, wild zu tuten. – Voralarm! Bei Voralarm mußten wir in den Bunker. – Ich habe nicht mehr aufgepaßt, daß ich nicht hinfalle. Ich bin gelaufen, gerannt, gerutscht, hingefallen. Der Deckel ist von der weißen Emaillekanne gesprungen, die Milch ist über das Eis geflossen. Es hat wie Milcheis ausgesehen. Die Sirene hat noch immer getutet.

Ich habe die Kanne aufgehoben, habe mich umgedreht, bin

zurückgelaufen. Ob die Frau Kersten mir noch einmal die Milchkanne vollmacht? Bestimmt! Wo sie doch immer Jüschken zu mir sagt.
Die Tür von dem Milchgeschäft war verschlossen. Das Geschäft hinter dem Fenster dunkel. Ich habe an der Klinke gerüttelt, geschrien. „Frau Kersten! Frau Kersten!" habe ich geschrien. Sie hat mich nicht gehört.
„Julia! Julia!" hat Papa geschrien. Er ist mir entgegengerannt. Ich bin in seine Arme geschlittert. Sophie war hinter ihm.
Papa hat mir die Milchkanne aus der Hand gerissen. Meine Hand in die von Sophie gestopft. „Rennt, die anderen sind schon weg. Seht zu, daß ihr noch in den Bunker kommt!"
Sophie hatte Socken über den Schuhen. Ich nicht. Ich bin neben ihr hergestolpert.
„Kannst du nicht schneller!" hat sie mich angeschrien.
Wir sind die Kanalstraße hochgehetzt. Bei der Apotheke, kurz vor dem Bunker, hat es Hauptalarm gegeben.
„Schneller!" hat Sophie gekeucht.
Ein Lichtstreifen der Flak ist über den Himmel gerannt, dann zwei, drei, vier, fünf.
„Wie die rennen können!" habe ich gesagt.
„Renn du lieber!" hat Sophie mich angeschrien und mich über die Aabrücke gezerrt. Ich bin gestolpert, hingeschlagen, aufgestanden, weitergerannt. – Und da habe ich gemerkt, mein Schuh, mein rechter Schuh ist nicht mehr am Fuß.
„Mein Schuh!" habe ich geschrien, bin zurück. „Mein Schuh!"
Sophie hat mich von hinten geschnappt, festgehalten. „Laß den Schuh!"
„Nein!" Ich habe mich auf den Asphalt geworfen, mit beiden Händen nach meinem Schuh getastet.

„Bist du wahnsinnig!“ Sophie hat an meinem rechten Arm gerissen.
Ich habe mich mit der linken Hand am Bordstein festgekrallt. „Mein Schuh!“
„Kommst du jetzt!“ Sophie hat mit beiden Fäusten auf meinen Rücken getrommelt. Sie hat mich mit ihrem Fuß getreten. Ich habe den Kopf eingezogen, mich geduckt.
Plötzlich ist das Rauschen da gewesen, das Pfeifen, das Schießen.
„Mein Gott!“ hat Sophie geschrien. Mich hochgehoben, mitgeschleift. Mein Fuß war naß und kalt. Ich habe geweint. Ich wollte meinen Schuh, meinen roten Schuh.

KINDERHEIM

Mama hat meinen roten Schuh am anderen Morgen auf der Aabrücke in der Gosse gefunden. Papa hat sich am gleichen Morgen an seinen braunen Schreibtisch im Wohnzimmer gesetzt. Er hat an das Kinderheim in Hinterzarten geschrieben und angefragt, ob sie Renate, Stefan und mich haben wollen.
Ich habe jeden Abend in meinem Bett gebetet, daß sie uns im Kinderheim nicht haben wollen. Wenn ich nachts mit Mama, Stefan, Renate und Sophie in den Bunker gerannt bin, habe ich gebetet, daß sie uns in dem Kinderheim doch haben wollen.

Sie wollten uns! – Papa hat uns mit dem Zug nach Hinterzarten gebracht. In Hinterzarten sind Berge und Tannenwälder gewesen. Das Kinderheim hat am Ende der Hauptstraße gelegen. Es hat Beerenhaus geheißen. Die Tür von dem Kinderheim Beerenhaus hat viele bunte kleine Scheiben gehabt. In jeder Scheibe war eine andere Beere.
Frau Kindermann, die Heimleiterin, hat uns in der Diele begrüßt. Sie hat gesagt, daß das Kinderheim Beerenhaus ein lustiges Haus wäre.
Ich habe ihr nicht getraut. Ich habe Angst vor einem weißen Gitterbett mit Eisenstäben gehabt. Als Papa mit Frau Kindermann ins Büro ist, hat uns Tante Hildegard das Haus gezeigt. Tante Hildegard war Kindergärtnerin. Renate, Stefan und ich durften in alle Zimmer gucken. Es waren keine Gitterbetten da. Alle Zimmer im Beerenhaus hatten einen Beerennamen.
Stefans Schlafsaal war die Brombeere, Renates war die

Maulbeere und ich habe in der Heidelbeere geschlafen. Die Küche hat unten im Erdgeschoß gelegen, sie hat Kompott geheißen. Daneben war die Preiselbeere, das war der Aufenthaltsraum. Das Speisezimmer hatte eine rote dicke Erdbeere an der Tür. Ein Zimmer im ersten Stock hieß Zwiebelzimmer. Da durfte niemand rein. Es stand ein Schild an der Tür. „Betreten verboten!"

Ich habe gedacht, was wohl in dem Zwiebelzimmer ist. Nach einer Woche habe ich es gewußt. Der Stefan ist krank geworden. Er hat gebrochen und Bauchschmerzen gehabt. Sie haben ihn in das Zwiebelzimmer gebracht. Nach dem Mittagessen hat Tante Hildegard nach Renate gerufen. Sie sollte zum Zwiebelzimmer kommen. Die Renate war aber mit ihrer Gruppe auf einem Ausflug zum Höllental. Da bin ich gegangen.

Als ich die Tür mit dem Schild „Betreten verboten" aufgemacht habe, bin ich erschrocken. In dem Zwiebelzimmer waren an der einen Seite fünf Gitterbetten mit hohen Eisenstäben. In dem einen Gitterbett hat Stefan gelegen und geweint. Auf der anderen Seite haben vier Liegen gestanden. Das Zwiebelzimmer war also das Krankenzimmer, das habe ich an dem Arzneischrank gesehen.

Zuerst wollte ich ganz schnell wieder rausgehen. Aber der Stefan hat „Julia! Julia!" und „Papa! Mama!" gerufen. Da bin ich zu ihm und habe ihm die Backe gestreichelt und gesagt, daß Papa im Geschäft sein muß und Mama auch. Tante Hildegard hat mir erlaubt, mit Stefan zu spielen. Stefan wollte aber nicht spielen. Stefan wollte das Märchen von „Hänsel und Gretel" hören. Ich habe ihm das Märchen von „Hänsel und Gretel" erzählt und das von „Schneeweißchen und Rosenrot" und „Aschenputtel".

Als ich das Aschenputtelmärchen fertig hatte, ist Tante Hildegard gekommen und hat mich rausgeschickt, weil Stefan jetzt schlafen sollte. Er hat geschrien, daß ich bleiben soll.

Als ich mir nach dem Abendessen die Zähne im Waschraum geputzt habe, habe ich gehört, daß Stefan immer noch weint.
Da bin ich leise aus dem Waschraum durch den Flur in das Zwiebelzimmer geschlichen. Stefan hat in seinem Gitterbett gestanden und sein Gesicht ist naß gewesen. Ich habe meine Hand durch das Gitter gesteckt und ihm die Füße gestreichelt.
Er hat seine Hände durch das Gitter gestreckt und mich festgehalten.
Tante Hildegard hat mich entdeckt. „So geht das aber nicht!“ hat sie gesagt und mich in mein Bett geschickt.
Stefan hat hinter mir her geschrien. Ich habe in meinem Bett gelegen, die Knie bis in meine Bauchkuhle und habe leise geweint. „Hast du was?“ hat das Mädchen, das über mir im Bett geschlafen hat, mich gefragt.
Ich habe gesagt, ich habe nichts.

Später bin ich nochmal aufgestanden, bin in den Waschraum und habe ein Stückchen von meiner rosa Seife gegessen. Sie hat scheußlich geschmeckt. Lore, meine Freundin aus Münster, hat einmal gesagt, daß Seifeessen krank und Fieber macht. Ich habe auf das Fieber gewartet. Aber weil es nicht gekommen ist, bin ich eingeschlafen.
Am anderen Morgen hatte ich Fieber, 38,5 Grad.
Stefan hat sich gefreut, als sie mich auf die Liege ins Zwiebelzimmer gebracht haben.
Da hat es plötzlich nach Zwiebeln gerochen. Das kam von Tante Hildegard. Die hatte einen ganzen Teller voll Zwiebelscheiben aus der Küche gebracht.

„Zwiebeln sind das Beste gegen Fieber!" hat sie erklärt und mir dicke weiße Zwiebelscheiben unter die Fußsohlen gelegt. Die waren kalt und haben gekitzelt. Tante Hildegard hat das nichts ausgemacht. Sie hat die Zwiebelscheiben unter meinen Füßen mit Mullbinden festgebunden und gesagt, daß ich ganz still liegen bleiben muß.
Ich bin still liegen geblieben, Zwiebeln unter den Füßen, Zwiebelgeruch in der Nase und den Geschmack von rosa Seife im Mund.

BEI TANTE JUSCH

Obwohl es mir in dem Beerenhaus gefallen hat, habe ich doch immer auf Papa gewartet, daß er kommt und uns wieder nach Münster holt.
Als Ostern 1943 vorbei war, kam Mama. Sie ist mit uns aber nicht nach Münster gefahren. Die Luftangriffe sind von Tag zu Tag schlimmer geworden und Mama hat gesagt, daß die Menschen in ständiger Angst vor den Bomben leben, und daß niemand davor sicher wäre. Tante Bertas Haus war von einer Sprengbombe zerrissen worden. Zum Glück war sie zu der Zeit im Bunker. Sie wohnte jetzt mit in der Kanalstraße, Tante Adele und Großmutter auch.
Großmutters Haus hatte eine Luftmine getroffen und jetzt war da nur noch ein tiefes Loch.
Ich konnte mir das überhaupt nicht vorstellen, denn Großmutters Haus ist grau und vornehm gewesen, mit dicken Mauern und einem kleinen spitzen Turm auf dem Dach, der sich in den Himmel reckte. Und Großmutter hat immer gesagt, das Haus ist so fest und gut gebaut, das überlebt uns alle.
Renate ist nach Bayern ins Internat gekommen. Auf die Realschule, damit aus ihr, trotzdem Krieg war, noch was Gutes wird.
Stefan und ich sind zu Tante Jusch gekommen. Sie hat im Schwarzwaldhaus in Littenweiler bei Freiburg gelebt. Zuerst wollte ich nicht zu Tante Jusch, weil ich sie ja gar nicht kannte. Mama hatte ihre Adresse aus der Zeitung in Münster. Da hatte Tante Jusch in einer Anzeige geschrieben, daß sie Kinder in ihr Haus aufnimmt, damit sie vor den Bomben sicher sind. In Littenweiler sind keine Bomben gefallen.

Das alte Haus von Tante Jusch war oben am Berg in einem wilden Garten. Als wir angekommen sind, hat Tante Jusch auf der überdachten Treppe gestanden. Sie hat rundherum um ihren Kopf einen grauen Zopf gehabt und ihr Busen ist auch rundherum gewesen. Das habe ich gemerkt, als sie mich gedrückt hat.
Sie hat auch Mama und Stefan gedrückt und hat gelacht und sich gefreut, daß wir zu ihr gekommen sind. Denn sie war allein, weil der Franz, ihr Mann, vor zwei Jahren am Morgen ganz plötzlich tot im Bett gelegen hat. Die Tante Jusch hat gesagt, daß sie ihren Franz nie vergessen wird. Und damit sie ihn nicht vergißt, hat sie überall Bilder von ihm aufgehängt.

Der Franz war im letzten Krieg General. Er hat im Wohnzimmer im goldenen Rahmen an der Wand gehangen. Im selben Rahmen war auch der Kaiser Wilhelm und darunter das Blümchensofa. Im Eßzimmer hat ein Bild den Franz mit einer Suppenschüssel in der Hand gezeigt. Es hat aus der Suppenschüssel gedampft. Und über dem schwarzen Buffet im Eßzimmer waren die Tante Jusch und der Franz als Braut und Bräutigam. Die Tante Jusch hat auf ihre Taille gezeigt und zu Mama gesagt, sie hätte auch mal so eine schmale Taille wie Mama gehabt.
Auf dem Klo war der Franz nicht. Aber in der Küche mit einer Gartenschürze vor dem dicken Bauch und einer Rose in der Hand. Auf der Treppe in den ersten Stock ist er mir sechsmal begegnet. Die Treppe hat achtzehn Stufen gehabt. Alle drei Stufen einmal der Franz.
Im Schlafzimmer hat er vom Großglockner aus zugesehen, wie Mama, Stefan und ich in seinem Ehebett versunken sind unter einem Berg von Kissen.
Mama hat nämlich eine Nacht mit bei Tante Jusch über-

nachtet und zwischen Stefan und mir auf der Ritze geschlafen.
Es war gemütlich, Mama in der Mitte, in einem Arm war Stefan, im anderen Arm war ich. Und neben mir war die Emma.
Mama hat glücklich geseufzt, daß es wie im Frieden wäre, keine Flieger, kein Alarm, keine Bomben.
Ich habe mich in Mamas Arm richtig reingekuschelt. Mama hat mir einen Kuß auf die Nasenspitze gegeben. Sie hat gesagt, wie froh sie ist zu wissen, daß die Tante Jusch so ein lieber Mensch ist, und daß sie darum der Tante Jusch gern ihre Kinder anvertraut. Aus dem Musikzimmer, in dem Tante Jusch jetzt schlief, ist leises Klimpern vom Klavier gekommen. Die Stimme von Tante Jusch hat das Lied von dem Apfel gesungen, der unbedingt auf dem Baum bleiben wollte.
„Du sollst nicht wieder wegfahren", habe ich zu Mama gesagt. „Du sollst hierbleiben, bei mir und Stefan."
„Das geht nicht", hat Mama gesagt. „Du weißt doch, der Papa ist allein."
„Ich will auch zum Papa", habe ich gesagt.
„Später!" hat Mama gesagt und mir versprochen, daß sie dem Papa bestimmt zehntausend Küsse von mir gibt und einen der Großmutter und einen der Sophie. Und daß sie Lore, meine Freundin, grüßt und Dieter, meinen Freund, und Opa und Oma Kalbfuß und Sepha. Und die Pimpi, unser Nähfräulein, soll Mama auch grüßen.
„Die Pimpi, die Pimpi", hat Mama gesagt. „Die Pimpi ist tot. Die ist bei einem Bombenangriff auf Münster ums Leben gekommen."

DER BIERMANN

Heiner Ritte hat mich mit in die Schule genommen. Heiner hat weiße borstige Stachelschweinhaare gehabt und blaue Wasserfarbenaugen und braune Sommersprossen. Die Sommersprossen hat ihm seine Mutter, die Frau Ritte, vererbt. Heiner war so alt wie ich. Er hat gegenüber von Tante Jusch in dem kleinen Bauernhaus gewohnt. Neben dem Haus war eine Scheune angebaut, daneben ein Stall und ein Gemüsegarten. In dem Stall waren eine Kuh, ein Schwein und eine Ziege. Hinter dem Haus sind die Hühner dem Hahn nachgelaufen.

Die Schule war unten im Dorf gleich neben der Kirche. Zuerst sind Heiner und ich ganz schnell über die graue Asphaltstraße ins Dorf runter gelaufen. Aber dann sind wir immer langsamer geworden, weil der Heiner mir vom Biermann erzählt hat. Der Biermann war der Klassenlehrer vom Heiner. Heiner hat gesagt, daß der Biermann ein gemeines Schwein ist und daß ich ihm leid tue, weil ich jetzt auch in die Klasse vom Biermann muß. Ich habe mir auch leid getan. Ich habe mich auf den freien Platz neben Heiner in die Bank gesetzt und mich ganz klein gemacht.
Dann mußten wir aber alle aufstehen, denn der Biermann ist in die Klasse gekommen. Er hat „Heil Hitler" geschrien. Wir haben auch „Heil Hitler" geschrien. Dann haben wir dem Hitler das Heil-Hitler-Lied gesungen. Der Hitler hat über Biermanns Pult an der Wand gehangen. Ich habe überlegt, ob der Hitler dem Biermann ähnlich sieht oder ob der Biermann dem Hitler ähnlich sieht.
„Setzen!" hat der Biermann gebrüllt. Ich habe mich auch

gesetzt. Es ist überhaupt nicht aufgefallen, daß ich neu und da war. Das ist erst beim Großen Einmaleins aufgefallen.

Der Biermann hat das Große Einmaleins mit dem Rohrstock abgehört. Alle Schüler mußten sich stellen. Dann ist es losgegangen. „3 mal 12!" – „3 mal 15!" – „8 mal 19!" hat der Biermann gebrüllt und seinen Rohrstock durch die Luft pfeifen lassen.
„36!" – „45!" – „152!" Wer es gewußt hat, hat sich ganz schnell hingesetzt.
Ich hatte das Große Einmaleins noch nicht gehabt. Ich wußte es nicht.
Zuletzt haben nur noch Heiner und ich gestanden.
„Ihr Dummköpfe!" Der Biermann hat sich vor uns gestellt und uns finster angestarrt. Dann hat er sich umgedreht und hat den Hitler angesehen. Er hat den Arm hochgestreckt und „Sieg Heil!" geschrien und dann hat er „4 mal 15!" geschrien.
„Sechzig!" hat Heiner geschrien und ist auf seinen Platz geknallt.
Ich habe dagestanden!
Der Biermann hat sich langsam umgedreht. Er hat gegrinst und seinen Rohrstock zu einem Bogen gespannt. Dann hat er ihn zurückschnellen lassen und „Vorkommen!" gebrüllt.
Ich bin vor!
„Hinlegen!" hat er mich angebrüllt.
Die beiden Mädchen, die in der Mitte in der ersten Bank gesessen haben, sind aufgestanden.
Der Biermann hat mich am Arm gepackt. Er hat mich über die Bank geworfen, mit dem Bauch zuunterst.
Die Bank hat meinen Bauch gedrückt. Der Rohrstock hat auf meinem Hintern gepfiffen. Ich hab geschrien und mit

den Beinen gestrampelt. Der Biermann hat auch geschrien: „Ich werde dir das Große Einmaleins schon beibringen!" hat er geschrien. Und daß ich mich am Nachmittag zu Hause hinsetzen soll und das Große Einmaleins lernen soll, das hat er auch geschrien.

Ich habe mich am Nachmittag aber nicht hingesetzt und das Große Einmaleins gelernt. Ich habe mich nämlich nicht hinsetzen können, weil hinten bei mir alles blau und rot war. Tante Jusch hat meinen Po mit gelber Salbe gesalbt und den Biermann eine Bestie geschimpft. Sie hat mir am nächsten Tag ein Schreiben an den Biermann mitgegeben. In dem hat gestanden, wie unanständig der Biermann ist, wenn er Mädchen hinten haut mit dem Rohrstock und daß er das auf keinen Fall darf.

Ich habe dem Biermann das Schreiben auf sein Pult gelegt. Er hat es gelesen.
Dann hat er wieder das Große Einmaleins abgehört. Bei „3 mal 11!" hat der Biermann die Spitze von seinem Rohrstock in meine Kehle gedrückt. 3 mal 11! – Papa hat immer gesagt, daß ich gut rechnen kann, weil ich nämlich das gute Rechnen von ihm geerbt habe. Aber ich habe überhaupt nicht mehr rechnen können.
„3 mal 11 ist 33!" hat Heiner gerufen.
Ich habe wieder allein dagestanden und der Biermann direkt vor mir.
Ich habe mich mit beiden Händen an der Bank festgehalten. „Er kann mir ja nichts tun!" habe ich gedacht.
Er hat meine linke Hand von der Bank genommen, dann meine rechte. Er hat mich an den Händen nach vorn gezogen. Unter das Bild vom Adolf Hitler. Ich mußte dem Hitler meine Handflächen hinhalten. „Ich – werde – ihr – das –

Große – Einmaleins – schon – beibringen!" hat der Biermann mit seinem Rohrstock dem Hitler versprochen.
„Scheiß-Biermann! Scheiß-Hitler!" Ich habe auf meine Lippen gebissen und die Tränen in meinen Bauch geschluckt.
In meinen Handflächen waren rote Striemen, die Kuppen von meinen Fingern waren dick und geschwollen. Ich habe dem Heiner meine Hände gezeigt, als wir nach Hause sind.
Der Heiner hat mir seine Hände gezeigt. Bei ihm sind die Striemen schon Narben gewesen.
„Du bist wohl froh, daß ich es jetzt abkriege?" habe ich gesagt.
Er hat seine Hände in die Hosentaschen gestopft. Er hat gegrinst, wie der Biermann, als er mich geschlagen hat.
Da habe ich nicht mehr mit dem Heiner nach Hause gehen wollen und das habe ich ihm auch gesagt.
Er hat gesagt, daß er auch viel lieber allein geht.
Ich bin in eine Seitenstraße eingebogen und einen anderen Weg gegangen. Auf dem anderen Weg bin ich Johannes begegnet. Er war auch in unserer Klasse.
Johannes hat meine Hände sehen wollen. Und als er sie gesehen hat, hat er gemeint, daß ich unbedingt das Große Einmaleins lernen muß und daß er mir gern dabei helfen will.
Der Johannes hat das Große Einmaleins sehr gut gekonnt, weil seine Großmutter immer mit ihm geübt hat.
„Wenn du willst, kannst du ja auch mal mit meiner Großmutter üben", hat Johannes gesagt.
Ich wollte überhaupt nicht. Aber ich wollte wissen, wo Johannes wohnt.
Er hat in dem Haus gewohnt, das oben in der Wiese am Berg gelegen hat. Von Tante Jusch aus konnte ich das Haus sehen.

GROSSMUTTER EHRENFELD

Stefan hat schon am Zaun gestanden und auf mich gewartet. „Julia!" hat er geschrien. „Julia, die Tante Jusch hat Herzchen debackt!"
Herzchen? – Ich bin hinter dem Stefan über die Steinplatten durch den Garten gelaufen. Die Treppe rauf. Auf dem Tisch draußen im Vorbau hat ein Berg brauner frischgebackener Waffeln gestanden, daneben eine Schüssel mit Kartoffelsalat. Ich habe meinen Ranzen auf die Eckbank geworfen und mich auf die Waffeln gestürzt. Tante Jusch ist aus dem Haus gekommen und hat gelacht. Als sie meine Hände gesehen hat, ist ihr das Lachen im Bauch steckengeblieben.
Stefan und ich haben allein gegessen, weil Tante Jusch ins Wohnzimmer gegangen ist, wo sie mit dem Franz über den Biermann reden mußte. Der Franz hat nämlich den Biermann gekannt, als er noch gelebt hat. Und er hat damals immer schon zu Tante Jusch gesagt, daß der Biermann ein Nazi von der übelsten Sorte ist. So wie Onkel Eduard, auf den Papa immer so geschimpft hat.

Dann hat Tante Jusch sich in ihr Musikzimmer zurückgezogen. Sie wollte schlafen und hat zu Stefan und mir gesagt, daß wir leise sein sollten. Vielleicht würde nämlich der Franz im Schlaf zu ihr kommen. Und vielleicht wüßte der Franz, was sie mit dem Biermann und mir machen sollte.
Stefan und ich haben versprochen, leise zu spielen. Wir haben im Garten mit den weißen Kieselsteinen Hänsel und Gretel spielen wollen. Aber da hat es zu regnen angefangen und da sind wir barfuß über die Holztreppen nach oben in

den ersten Stock geschlichen, durchs Schlafzimmer auf den Balkon. Der dunkelbraune Holzbalkon war sehr gemütlich. Der Regen hat auf das Dach geklopft. Aber er hat uns nicht naß gemacht, weil das tiefe Dach uns geschützt hat. Es war wie in einer Höhle und ich habe gedacht, daß mir der Biermann hier nichts tun kann.
Ich wollte mit Stefan und Emma Mutter und Kind spielen. Stefan sollte der Vater sein, ich die Mutter und Emma unser Kind. Stefan wollte aber kein Vater sein. Stefan wollte Biermann sein und die Emma verhauen.
Ich mochte aber nicht, daß er die Emma verhaut und habe darauf bestanden, daß er Papa ist. Und ich habe ihn einen blöden Hammel geschimpft, weil er so dickköpfig ist.
Der Stefan hat gesagt, er wäre kein blöder Hammel. Er hat angefangen zu weinen. Da habe ich ihn getröstet und gesagt, daß er kein blöder Hammel ist und daß er den Biermann spielen darf, nur die Emma, die darf er nicht verhauen.
Stefan hat nicht mehr Biermann und nicht mehr Papa sein wollen. Stefan hat geheult, er will das Kind sein und er will, daß Papa und Mama zu ihm kommen. Ich habe ihn in meine Arme genommen und er hat immer weiter geheult. Er hat erst aufgehört, als ich gesagt habe, ich bin seine Mama, weil die Mama so weit weg ist.
Da hat er sich zu Emma aufs Kissen gelegt, hat den Daumen in den Mund gesteckt und ist mit der Emma eingeschlafen. Ich habe zugeguckt und das Lied „Schlaf Kindchen schlaf!" gesungen und Heimweh nach Papa und Mama und Sophie und Münster gehabt. Ich bin leise die Treppe runter und habe mir die restlichen Waffeln geholt. Die waren lasch und haben wie Gummi geschmeckt.

Tante Jusch hat noch einmal Waffeln gebacken, am Nachmittag, als Johannes mit seiner Großmutter Ehrenfeld ge-

kommen ist. Die waren wieder knusprig und lecker. Die Großmutter von Johannes ist klein und dünn gewesen. Sie hat weiße glatte Haare gehabt und im Nacken einen Haarknoten. Ihre Augen waren groß und braun und ihr Gesicht war überhaupt nicht wie das von einer Großmutter.
Tante Jusch hat zu ihr „Meine Liebe“ gesagt. Und Großmutter Ehrenfeld hat zu Tante Jusch „Meine Werteste“ gesagt. Sie haben sich schon sehr lange gekannt, und Tante Jusch hat gesagt, Großmutter Ehrenfeld wäre ihre liebste Freundin.
Ich habe Großmutter Ehrenfeld meine Striemenhände zeigen müssen und meinen Po hat sie auch sehen wollen. Ich habe ihn aber nicht zeigen wollen, weil der Johannes mit in der Küche war. Da mußte der Johannes aus der Küche raus und die Großmutter Ehrenfeld hat sich meinen Po angesehen.
„Sieh dir das an!“ hat die Tante Jusch zu dem Franz gesagt, der in der Gartenschürze über dem Küchentisch hing. Dann hat sie die Gelegenheit wahrgenommen und gleich noch eine Portion Salbe auf meinen Po geschmiert. Sie hat dabei geseufzt und gesagt, es wäre die letzte Salbe, noch aus der Zeit vor dem Krieg. Und dann hat sie mir die Handflächen auch mit der gelben Salbe eingerieben.
Großmutter Ehrenfeld hat in den Salbentopf geguckt und Tante Jusch versprochen, daß sie mir das Große Einmaleins beigebracht hätte, bevor die Salbe in dem Salbentopf alle wäre. Sie hat mich gefragt, ob ich es mit ihr lernen wollte. Ich habe genickt, denn die Großmutter Ehrenfeld hat mir sehr gefallen.
Sie hat mir über die Backe gestrichen und gesagt, daß wir gleich damit anfangen wollten. Aber die Tante Jusch hat gemeint, zuerst müßte sie mit Großmutter Ehrenfeld eine gute schwarze Zigarre rauchen. Sie haben das Musikzimmer

vollgeraucht und es hat gut gerochen, als Großmutter Ehrenfeld und ich das Große Einmaleins geübt haben.
Wir haben mit dem Zwölfer angefangen und als ich den fast gekonnt habe, hat der Heiner Ritte plötzlich in der Tür gestanden. Er war rot und aufgeregt und er hat gestottert, daß die Betti, die Betti eben eine neue Betti bekommen hat.
Die Betti ist die rotweiße Kuh von Rittes gewesen. Ich habe gewußt, daß sie ein Kälbchen bekommt. Aber ausgerechnet dann, wenn ich das Große Einmaleins lernen muß!
Ich habe nicht gewußt, ob ich einfach rüber darf, das Kind von Betti angucken. Aber Großmutter Ehrenfeld hat gesagt, daß ich unbedingt rüber müßte, weil das Kind von der Betti tausendmal wichtiger wäre als das Große Einmaleins.
Da bin ich losgerannt und Großmutter Ehrenfeld und Tante Jusch und Johannes und Stefan sind mitgerannt.
Die Betti hat in ihrem Stall gestanden und das Kälbchen hat auf dem Stroh gelegen. Der Kopf ist viel zu groß gewesen. Es war noch feucht und naß und die Betti hat ihr Kind trockengeleckt mit ihrer großen Zunge.

IN DIE PILZE FRÜH UM FÜNF

Die Aprikosen in Tante Juschs Garten waren dick und süß. Tante Juschs Aprikosenmarmelade hat das Haus von der Küche bis in die Dachkammer vollgeduftet. Die Marmelade hat viel besser geschmeckt als Kunsthonig. Im Gemüsegarten hat Tante Jusch lange dünne Bohnenstangen in die Erde gesetzt. Und sie hat an Papa und Mama nach Münster geschrieben, daß ich wie eine Bohnenstange aussehe und daß ich unbedingt ein neues Kleid und neue Schuhe brauche. Meine hohen braunen Schnürschuhe waren mir zu klein. Und in den roten Schuhen konnte ich nur noch mit eingezogenen Zehen laufen.

Mama hat geschrieben, sie hätte beim Amt in Münster einen Bezugsschein für Schuhe beantragt, nur es dauerte ein paar Tage. Aber sie hat einen Bezugsschein für ein neues Kleid geschickt.

An dem Morgen, als die großen Ferien da waren, ist der Schein mit der Post gekommen. Tante Jusch und ich sind gleich mit der Straßenbahn von Littenweiler nach Freiburg gefahren. Ich durfte mir mein neues Kleid selber aussuchen.

Ich habe mir ein Dirndlkleid ausgesucht. Es hat einen blauen Rock und eine weiße dünne Tupfenbluse gehabt und ein blaues Mieder. Auf dem Mieder waren Sommerblumen gestickt, auch roter Mohn und weiße Margeriten, das waren meine Lieblingsblumen.

Tante Jusch hat sich gefreut, weil ich mir so ein schönes Dirndl ausgesucht habe. Sie hat ihren großen Sommerhut mit den roten Bändern auf dem Kopf zurechtgerückt, ihren Busen vorgedrückt und gesagt, daß sie unbedingt jetzt mit mir auf den Schloßberg will. Ich habe nämlich das Dirndl

gleich anbehalten. Und Tante Jusch wollte, daß alle Leute sehen, daß ich eine richtige Schwarzwälderin bin.
Ich habe auch auf den Schloßberg gewollt, um den Leuten zu zeigen, daß ich eine richtige Schwarzwälderin bin, obwohl ich doch eigentlich keine war. Nur, es ging nicht. Meine roten Schuhe haben gedrückt. Ich habe meine Zehen ganz krumm gemacht.
Tante Jusch hat sich geschämt, weil ich so eierig gelaufen bin. Und sie ist so schnell ich konnte mit mir zur Straßenbahn, die uns nach Littenweiler zurückgebracht hat.

Großmutter Ehrenfeld, die den Stefan verwahrt hat, solange wir in Freiburg waren, hat mein Dirndl auch hübsch gefunden. Sie hat auch gesagt, daß ich wie ein richtiges Schwarzwaldmädele aussehe. Und daß sie mit dem Schwarzwaldmädele morgen früh um fünf in die Pilze gehen möchte.
In die Pilze, morgen früh um fünf?
„Ja, in die Pilze, morgen früh um fünf“, Großmutter Ehrenfeld hat gelacht. Und sie hat gefragt, ob das vielleicht zu früh für mich ist.
Ich habe gesagt, es ist überhaupt nicht zu früh für mich, weil ich ein Morgenmensch bin, wie Papa immer sagt. Aber ich habe nicht gewußt, ob ich barfuß in die Pilze gehen kann.
Großmutter Ehrenfeld hat gesagt, ich könnte auf keinen Fall barfuß in die Pilze gehen, weil dann die Tannennadeln mich pieken.
„Dann geht es nicht“, habe ich gesagt und meine roten Zehen gerieben, die weh getan haben.
Es ist dann aber doch gegangen, denn Großmutter Ehrenfeld ist auf die Idee gekommen, an meinen roten Schuhen einfach vorn die Kappe abzuschneiden. Das haben wir dann auch gemacht. Meine Füße haben sich gefreut, weil sie so schöne luftige Schuhe hatten.

Am Abend hat Tante Jusch meinen kleinen gelben Reisewecker auf fünf Uhr gestellt. Ich habe aber nicht gewartet, bis er geklingelt hat. Ich bin schon um halb fünf aufgewacht. Da hat der Hahn von Ritte geschrien, daß der Morgen da ist.
Ich habe mich unten am Zaun auf den dicken grauen Stein gesetzt und gewartet. Das Haus, in dem Großmutter Ehrenfeld und Johannes und seine Eltern und seine beiden großen Schwestern gewohnt haben, hat still und verschlafen in der Wiese gelegen. Aber plötzlich habe ich Großmutter Ehrenfeld durch die Wiese laufen sehen. Sie ist schnell gelaufen, gar nicht wie eine Großmutter. Sie hat den braunen Weidenkorb in ihrer Hand hin- und hergeschwenkt. An dem Weidenkorb war ein rotweißes Tuch, das hat geflattert.
Großmutter Ehrenfeld hat gewunken, als sie mich entdeckt hat. Ich bin ihr entgegengerannt. Sie hat mich an die Hand genommen. Wir sind hinter dem Haus von Tante Jusch rechts die Wiese hoch, vorn am Wald vorbei, wo die kleine runde Kapelle war. Das Gras war naß, es hat an meinen Zehen gekitzelt, die aus den roten Schuhen rausgeguckt haben. Das hat mir sehr gefallen.
Die Vögel haben gesungen, die Sonne hat hellgelb geschienen und der Tag ist ganz neu gewesen.
Es hat mir auch gefallen, daß ich Großmutter Ehrenfeld mal ganz für mich hatte. Sie war still und hat nichts gesagt. Ich habe auch nicht gesprochen und hatte überhaupt keine Lust zum Reden. Aber ich habe es gemocht, ihre Hand zu halten, die war so warm wie die von Papa.
Im Wald haben wir das Eichhörnchen gehört, das den hohen Tannenbaumstamm heruntergelaufen ist. Es hat gekratzt, als es so schnell gelaufen ist, und wir konnten seinen kleinen spitzen braunen Kopf sehen mit den buschigen niedlichen Ohren. Das Eichhörnchen ist bis zu uns vor die Füße gelau-

fen und ich habe gedacht, daß es gleich an meinen nackten Zehen knabbert. Und ich mußte lachen, als ich das gedacht habe. Da ist das Eichhörnchen erschrocken und schnell wieder den Baum hochgelaufen.
Wir sind vom Weg ab und links einfach den Wald hoch. Durch die langen braunen Tannenstämme ist Sonne gefallen. Es hat wie ein feiner Schleier ausgesehen. Die Mücken haben getanzt.
Immer wenn ich einen gelben Pfifferling entdeckt habe, habe ich laut geschrien, weil ich mich so gefreut habe. Manchmal habe ich ganz viele Pfifferlinge auf einem Haufen entdeckt. Sie haben eng zusammen gestanden in dem braunen Waldboden wie eine richtige Familie. Vater, Mutter, die winzigen runden Kinder, der Großvater, die Großmutter. „Ja, ich nehme euch alle mit", habe ich gesagt und die ganze Pfifferlingsfamilie in meinen Korb getan.
Der Wald ist heller geworden und da wo ganz hell die Sonne geschienen hat und der Wald zu Ende war, sind die Walderdbeeren, die Waldhimbeeren, die bemoosten Steine und die kleinen Tannenbäume und die Wacholdersträucher gewesen. Und eine Wiese mit Kühen war auch da. Die Kühe haben an dem braunen Zaun gestanden und gemuht. Ich habe meine Hand ausgestreckt und eine schwarzweiße Kuh hat mir mit ihrer rauhen Zunge über die Hand geleckt.
„Magst du das auch so gern?" hat Großmutter Ehrenfeld gefragt. Sie hat ihre Backe an die Backe von der Kuh gelegt und glücklich ausgesehen.
Dann hat sie zu der Kuh gesagt, daß wir jetzt gehen müßten, weil es bestimmt schon recht spät ist und daß wir morgen wiederkommen. Ich habe der schwarzweißen Kuh, die meine Hand geleckt hat, auch versprochen, daß ich morgen wiederkomme. Nur, ich bin nicht gekommen.

ALLE JUDEN KOMMEN IN EIN LAGER

Mitten in der Nacht ist Johannes zu mir gekommen.
Ich habe geschlafen und bin aufgewacht, weil da so ein komisches Klicken an meinem Fenster war. So, als ob jemand Steine wirft. Als ich aufgestanden bin und gelauscht habe, ob da wirklich jemand Steine wirft, habe ich meinen Namen gehört. Ich bin erschrocken und habe gedacht, daß da vielleicht ein Geist nach mir ruft.
Es war kein Geist. Als ich meine Nase an die Scheibe der Balkontür gedrückt habe, konnte ich Johannes im Garten erkennen. Er hat mit beiden Händen gewunken, daß ich runterkommen soll.
Ich bin leise über die Treppe geschlichen. Er hat an der Haustür gewartet und mich schnell rausgezogen.
Ich wollte ihn fragen, ob er total verrückt ist, mich mitten in der Nacht aus dem Bett zu holen. Aber sein Gesicht hat finster ausgesehen und so zu, daß ich mich nicht getraut habe.
Ich habe mich zu ihm auf die Treppenstufe vor dem Haus gesetzt und mein Nachthemd über die Füße gezogen.
Ich habe gezittert vor Kälte. Johannes hat auch gezittert, auch seine Stimme hat gezittert, als er mir das von Großmutter Ehrenfeld und dem Lager gesagt hat.
Er hatte nicht schlafen können. Darum wollte er sich aus der Küche ein Glas Zuckerwasser holen. Als er in die Diele gekommen ist, hat er Licht im Wohnzimmer gesehen. Er hat auch Stimmen gehört und Weinen.
Johannes hat nicht gewußt, wer da weint. Er hat die Tür vom Wohnzimmer einen Spalt aufgemacht. Sein Vater hat auf der Sessellehne gesessen, das Gesicht in den Händen vergraben. Seine Mutter hat mit Großmutter Ehrenfeld auf

dem Teppich gestanden. Sie haben sich festgehalten und zusammen geweint.
„Warum weint ihr?“ hat Johannes gefragt.
Sie sind erschrocken. Der Vater hat gesagt, daß niemand weint.
Johannes hat auf seine Mutter und die Großmutter gezeigt und gesagt, sie weinen doch.
„Sie weinen, weil Großmutter für einige Zeit von uns weggehen muß“, hat der Vater gesagt. Er ist aufgestanden und hat Johannes die Hand auf die Schulter gelegt.
„Wohin geht Großmutter denn?“ hat Johannes gefragt.
„Sie schicken sie in ein Lager, weil sie Jüdin ist“, hat der Vater gesagt.
„Alle Juden müssen ins Lager“, hat Großmutter Ehrenfeld gesagt. Und als sie es gesagt hat, hat sie ihr grünes Taschentuch in den Händen zerknüllt.
„Was machen sie mit dir in dem Lager?“ hat Johannes gefragt.
„Ich weiß es nicht!“ Großmutter Ehrenfeld hat mit dem kleingeknüllten grünen Taschentuch die Tränen von den Backen gewischt.
„Ich will nicht, daß du weggehst“, hat Johannes gesagt.
„Ich will es auch nicht“, hat Großmutter Ehrenfeld gesagt. „Aber ich muß. Die Leute vom Führer werden mich holen.“
„Können wir Großmutter nicht verstecken?“ hat Johannes seinen Vater gefragt.
„Nein!“ hat der gesagt. „Gegen die gibt es kein Versteck!“
„Wie lange muß Großmutter in dem Lager bleiben?“ hat Johannes wissen wollen.
„Nicht lange“, hat der Vater gesagt und ihn ins Bett geschickt.

Johannes ist aber nicht in sein Bett gegangen. Er ist zu mir gekommen. Und er hat mich gefragt, ob ich glaube, daß seine Großmutter lange in dem Lager bleiben muß oder nicht lange. Und ob ich glaube, daß es sehr schlimm ist im Lager und ob ich verstehe, daß die Leute vom Führer Großmutter Ehrenfeld einfach wegholen, nur weil sie Jüdin ist.
Ich habe es nicht gewußt. Ich habe mein Knie unters Kinn gezogen. Es ist kalt und dunkel und schwarz gewesen. Und ich habe Angst gehabt.
„Der Hitler kann die Juden nicht leiden. Er will sie alle weghaben", hat Johannes gesagt.
Mir ist eingefallen, daß ich einmal gesehen habe, wie Männer in brauner Uniform in Münster ein Kaufhaus kaputt gemacht haben. Das war an dem Tag vor Mamas Geburtstag, in dem Jahr, wo noch kein Krieg war.
Ich bin mit Papa am Morgen in die Stadt, weil wir ein Vogelhaus kaufen wollten, das hatte Mama sich zum Geburtstag gewünscht. Mama hat ihr Vogelhaus nicht bekommen, denn Papa ist es in der Stadt schlecht geworden. Er hat weiß wie Gips ausgesehen, als wir in der Salzstraße vor dem Kaufhaus gestanden haben. Die braunen Männer haben Stoffballen und Spitzenballen durch die eingeschlagenen Fensterscheiben auf die Straße geworfen und dabei geschrien und ich habe gehört, wie sie Judenschwein geschrien haben.
„Warum tun die das?" habe ich Papa gefragt.
„Weil das Kaufhaus einem Juden gehört", hat Papa gesagt.
Ich konnte das nicht verstehen, und Papa hat gesagt, er versteht das auch nicht. Er ist schnell weg mit mir zu Onkel Wilhelm in die Kneipe in der Aegidiistraße, weil er einen doppelten Cognac brauchte.
Das habe ich alles dem Johannes erzählt.
„Der Hitler kann die Juden nicht leiden", hat Johannes ge-

sagt. Er ist die Treppe runter und im Dunkeln verschwunden.

Ich bin ins Haus gegangen, die Treppe rauf, ins Musikzimmer, wo Tante Jusch unter dem dicken Oberbett auf der Couch geschlafen hat. Ich habe das Oberbett hochgehoben und bin zu ihr gekrochen. Ich habe meine kalten Füße an ihre warmen Beine gedrückt. Da ist sie wach geworden. Und sie hat mich gefragt, was ich denn in ihrem Bett mache.
Ich habe ihr gesagt, daß ich ihr was ganz Wichtiges sagen muß.
„Was denn?“ hat sie gefragt.
„Großmutter Ehrenfeld muß in ein Lager, weil sie ein Jude ist“, habe ich gesagt und sie angesehen.
Sie hat steif und hart dagelegen und an die Decke gestarrt.
Ich habe nur ihren Atem gehört.
Ich habe ihren linken Arm geschüttelt. „Tante Jusch! Großmutter Ehrenfeld kommt in ein Lager!“
Sie ist steif und hart liegen geblieben. „Ich weiß!“ hat sie gesagt.
Ich habe mich neben sie gedrückt und mir gewünscht, daß sie ihre Hand auf meinen kalten Bauch legt.
Sie hat es nicht gemacht.
„Warum kommt Großmutter Ehrenfeld in ein Lager? Und warum kann der Hitler die Juden nicht leiden?“
„Ich weiß es nicht!“ Tante Jusch hat sich langsam in ihrem Bett aufgesetzt, ihre Hände gefaltet und auf das Oberbett gelegt.
Ich habe mich auch aufgesetzt, auch meine Hände gefaltet und auf das Oberbett gelegt.
„Ich weiß es wirklich nicht!“ hat Tante Jusch nochmal gesagt. „Ich weiß nur, daß der Hitler ein deutsches Volk ohne Juden will, weil er glaubt, daß die Juden schlecht sind und

weil er glaubt, daß alles Unglück auf der Welt von den Juden kommt."

„Von den Juden? – Dann muß der Hitler mal die Großmutter Ehrenfeld kennenlernen, dann glaubt er aber so was nicht mehr", habe ich zu Tante Jusch gesagt.

Sie hat ihre Hände auseinandergefaltet und ihre rechte Hand auf meine geschoben. Dann hat sie ihre linke Backe an meine rechte gedrückt und da habe ich gemerkt, wie meine Backe naß geworden ist.

Am anderen Morgen habe ich verschlafen. Der große weiße Wecker bei Tante Jusch auf der Konsole hat sechs Uhr gezeigt, als ich aufgewacht bin. – Ich wollte doch mit Großmutter Ehrenfeld um fünf Uhr in die Pilze.

Ich bin barfuß die Wiese hoch, an der Kapelle vorbei, durch den Wald. Die Nadeln haben mich gestochen. „Großmutter Ehrenfeld!" habe ich geschrien. „Großmutter Ehrenfeld!"

Oben auf der Lichtung habe ich sie gefunden. Sie hat mich nicht gehört. Sie hat in der Sonne gestanden, den Kopf nach unten. Das Gesicht in ihren Händen. Ihre Schultern haben gewackelt und sie hat klein ausgesehen, ganz klein.

In der Nacht, bevor die Leute vom Führer sie abgeholt haben, haben in Großmutter Ehrenfelds Haus an allen Fenstern Kerzen gebrannt.

Als die Kerzen abgebrannt waren, sind zwei Männer mit einem schwarzen Auto gekommen. Es sind große Männer gewesen. Großmutter Ehrenfeld ist klein, winzig klein zwischen ihnen über den Zick-Zack-Weg durch die Wiese zur Straße runtergegangen. Tante Jusch, Stefan und ich haben vom Fenster aus gewunken. Sie hat es nicht gesehen, weil sie auf die Erde geguckt hat.

DINGELSTÄDT

Im September 1943, als die großen Ferien vorbei waren, ist Mama gekommen. Wir sind mit Mama nach Dingelstädt gezogen, eine kleine Stadt im Eichsfeld. Ich wußte überhaupt nicht, wo das Eichsfeld war. Mama hat es mir auf der Landkarte gezeigt, es hat in der Nähe von Thüringen gelegen. Thüringen habe ich gekannt durch die Wartburg und den Luther, der auf der Wartburg gelebt hat und wo der Tintenklecks vom Luther heute noch an der Wand in seinem Zimmer ist.

„Wie lange bleiben wir denn in Dingelstädt?" habe ich Mama gefragt.

„Solange, bis der Krieg zu Ende ist." Mama hat mir versichert, daß sie nicht früher nach Münster zurückgeht. Ich habe mich gewundert, weil Mama nie aus Münster raus wollte. Und ich habe mich auch gewundert, daß sie Zigaretten raucht. Mama hat die Zigaretten auf ihre Raucherkarte gekauft, die gab es immer für Frauen und Männer. Früher, da hat nur der Papa geraucht. Mama hat mir erklärt, sie hätte sich das Rauchen bei dem stundenlangen Sitzen im Bunker angewöhnt.

„Stundenlang im Bunker?" habe ich gefragt, weil wir damals immer nur für kurze Zeit im Bunker sein mußten. Mama hat gesagt, damals wären die Angriffe kürzer gewesen. Jetzt dauerten sie manchmal einen halben Tag oder eine halbe Nacht und manchmal, wenn gerade ein Angriff zu Ende war, kam schon wieder der nächste Angriff. „Es wird von Tag zu Tag schlimmer mit den Bomben", hat Mama gesagt. „Und es ist die Hölle!"

Ich hatte mal ein Bild von einem Maler gesehen, der die Hölle gemalt hat. Da haben die Menschen brennend in den roten Flammen gelegen und geschrien. Das Bild hat im Museum in Münster gehangen, ich war am Sonntagmorgen mit Mama und Renate im Museum. Mama hat gemerkt, wie ich mich vor dem Bild gegrault habe, da hat sie mich weggezogen und gesagt, daß es überhaupt keine Hölle gibt. – Und jetzt hat sie gesagt, daß es doch die Hölle gibt, nämlich in Münster. Und an der Front soll auch die Hölle sein, in Rußland, das hat der Vater von Heiner, der Herr Ritte, zu seiner Frau gesagt, als er auf Urlaub in Littenweiler war, und das habe ich gehört.
Ich bin nicht froh gewesen, daß Mama uns nach den großen Ferien abgeholt hat. Ich wäre gerne bei Tante Jusch geblieben. Aber dann habe ich wenigstens nicht mehr zu dem Biermann in die Schule müssen.

In der Schule in Dingelstädt hat es mir gut gefallen. Die Kinder aus meiner Klasse haben das Große Einmaleins noch nicht gehabt. Herr Bungert, der Klassenlehrer, hat es ihnen ohne Stock beigebracht. Ich mochte Herrn Bungert, er hat ein lustiges Gesicht gehabt und gesagt, ich wäre ein As im Rechnen.
Das hat die Amanda auch gesagt, mit der habe ich in derselben Bank gesessen. Sie hat das Große Einmaleins schlecht kapiert, da habe ich ihr immer vorgesagt und manchmal haben wir auch zusammen bei ihr zu Hause geübt.
Die Amanda hat in der Bahnhofstraße gewohnt. Um die Ecke rum, im Schweizerhaus, wohnten wir.
Das Schweizerhaus hat Schweizerhaus geheißen, weil es wie ein Landhaus aus der Schweiz ausgesehen hat. Es war weiß mit braunen Fensterläden aus Holz, in denen kleine Herzen waren. In der braunen Eingangstür war ein großes

Herz und neben der Tür eine eiserne Glocke mit einer Schnur zum Bimmeln. Rund um das Haus war ein Garten mit einem braunen Jägerzaun. Der Garten ging bis an den Hof von dem Haus, in dem Amanda mit ihrer Mutter und ihrer Oma lebte. In dem Hof hat die Mutter von Amanda Hühner gehalten. Sie ist lang und dürr gewesen und hat immer eine Schürze angehabt und ein Kopftuch. Am Abend hat sie die Hühner in den Holzstall neben dem Haus gelockt.
„Bigeli komm, bigeli komm!" hat sie gerufen.
Mama hat gesagt, daß sie das „Bigeli komm!" total verrückt macht. Ich konnte das „Bigeli komm!" gut leiden. Und ich habe zu Mama gesagt, daß sie nicht das „Bigeli komm!" verrückt macht, sondern was ganz anderes.
„Was denn?" hat Mama gefragt.
„Das kleine Zimmer, in dem wir hier wohnen, das macht dich verrückt und mich auch", habe ich gesagt.
Da hat Mama sich in unserem kleinen Zimmer aufs Bett fallen lassen und zu weinen angefangen.
Ich habe mich zu Mama aufs Bett gesetzt und sie gestreichelt. Sie hat geschluchzt, daß sie es nicht aushält in Dingelstädt in dem kleinen Zimmer bei der Familie Draier. Stefan, der auf dem Teppich mit seinen Schäfchen spielte, hat mäh, mäh, mäh gerufen. Ich habe ihn angefahren, er soll ruhig sein, wo er doch sieht, daß die Mama weint.
Mama hat die Tränen abgetrocknet und gesagt, daß es schrecklich ist, mit drei Menschen in zwei Betten zu schlafen. Ich habe zu Mama gesagt, daß sie sich nichts draus machen soll. Wo wir doch so dünn gewesen sind, daß sogar die Emma noch im Bett neben mir Platz gehabt hat. Mama hat geseufzt und gemeint, daß der Schrank gegenüber von den Betten viel Platz wegnimmt. Neben den Betten war ein viereckiger Tisch mit zwei Stühlen und einem Hocker.
„Können denn die Draiers uns nicht noch eins von ihren

Zimmern abgeben?“ habe ich gefragt. „Die haben doch genug.“
Die Draiers ist die Familie Draier gewesen, die in dem Haus gewohnt hat. Die Frau Draier mit ihren Kindern Karl, Käthe und Karola. Wir sind bei den Draiers einquartiert worden, obwohl sie es nicht gewollt haben. Und das Zimmer, in dem wir jetzt wohnten, hat vorher dem Karl gehört.
Zuerst sind die Draiers ja ganz nett gewesen. Am nettesten waren sie am ersten Morgen. Da haben wir am Küchentisch alle zusammen gefrühstückt. Vorn am Tisch hat die Frau Draier mit Karl, Käthe und Karola gesessen. Hinten am Tisch die Mama mit uns. Mama hatte von unserer Reise nur noch ein paar Margarinebrote und ein Glas rote Vierfruchtmarmelade. Die Frau Draier hat Butter und Honig und zwei große Stücke Wurst auf dem Tisch gehabt. Sie hat auf die Wurst gezeigt und Mama gefragt, ob sie mal probieren will. Mama wollte, Stefan und ich auch. Die Wurst hat wunderbar geschmeckt und ich habe der Frau Draier gesagt, daß ich noch nie so wunderbare Wurst gegessen habe.
Sie hat gelacht und gesagt, daß ihr Vater Bauer im Thüringischen ist und daß er die Wurst und die Butter selber macht. Sie hat Mama auch die Butter hingeschoben und Mama gefragt, ob sie mal riechen will.
Ich habe auch gerochen und gedacht, heute habe ich die Wurst probiert, morgen ist die Butter dran.
Aber am anderen Morgen durfte ich die Butter nicht probieren. Die Frau Draier hat sie ihren Kindern dick aufs Brot gestrichen und obendrauf noch dick Wurst getan. Sie hat gesehen, wie Mama uns die Margarine gekratzt hat, aber sie hat getan, als wenn sie es nicht sieht.
Ich habe das gemein gefunden. Stefan auch, er hat geschrien, daß er auch solche Brote mit Butter und Wurst haben will.

Mama ist rot geworden und hat zu Stefan gesagt, daß die Marmelade viel besser als Wurst schmeckt.
Der Stefan hat das nicht geglaubt, er ist rot vom Schreien geworden.
Mama hat ihn aufs Zimmer geschickt.

Stefan hat in der nächsten Zeit oft vom Tisch müssen. Auch einmal am Mittag, da hat es bei Draiers Thüringer Klöße mit Schweinebraten und Mischobst gegeben. Das ganze Schweizerhaus hat nach Schweinebraten geduftet, als ich von der Schule gekommen bin. Und ich habe mich schon gefreut. Aber bei uns gab's nur Bratkartoffeln mit Spinat ohne Ei. Wir mußten zugucken, wie der Karl, die Käthe und die Karola ihren Schweinebraten mit Klößen in sich reingestopft haben.
Stefan hat sich beschwert, daß er zum Kuckuck keinen Spinat, sondern Schweinebraten will. Mama hat gesagt, daß sie zum Kuckuck will, daß Stefan ißt, was auf den Tisch kommt. Und er soll jetzt gefälligst ruhig sein. Stefan hat seinen Spinat nicht essen wollen. Mama hat ihm einfach eine Gabel voll in den Mund gestopft. Er hat dagesessen mit vollen Backen und hat den Spinat nicht runterschlucken wollen. Da hat Mama ihm eins auf die Backen gegeben. Stefan hat husten müssen. Das grüne Zeug von Spinat ist über den Tisch bis auf Karls Schweinebraten geflogen. Karl hat geschrien, Stefan auch. Er ist vom Tisch in unser Zimmer. Mama hinter ihm her, ich hinter Mama.
Stefan hat lang auf dem Bett gelegen und geweint, weil er Schweinebraten will. Mama hat geweint, weil sie keinen Schweinebraten hat. Und sie hat gesagt, daß sie nichts dafür kann, daß die Lebensmittel und das Fleisch so knapp sind. Und sie hat auch gesagt, daß sie nichts dafür kann, daß die Frau Draier Schweinebraten hat, weil sie ihn in Einmachglä-

sern von dem Bauernhof in Thüringen bekommt. Mama hat dagestanden und ich glaube, sie hat sich geschämt, daß sie für uns keinen Schweinebraten gehabt hat.
Ich habe gedacht, wenn doch ein Wunder geschieht, so wie bei dem Jesus, der aus Wasser Wein gemacht hat und aus ein paar Krümeln ganz viel Brot. Die Geschichte hat uns unser Religionslehrer Weinmar erzählt.
Ich habe Mama gefragt, ob sie an Wunder glaubt. Sie hat geschluchzt und den Kopf geschüttelt.
„Wenn wir an Wunder glauben, dann kommen auch welche“, habe ich Mama erklärt. Das hat nämlich Herr Weinmar gesagt.
„Na, dann glaub du mal“, hat Mama gesagt.
Und das habe ich auch gemacht. Und da ist das Wunder gekommen.

WURSTWUNDER

Mama und ich waren unten in der Stadt einkaufen. Wir sind beim Bärenwirt vorbeigekommen. Zum Bärenwirt hat auch eine Metzgerei gehört. In dem kleinen viereckigen Fenster der Metzgerei haben dicke runde Würste an einer Holzstange gehangen, genau solche, wie die Frau Draier sie von ihrem Bauernhof in Thüringen bekam. Es sind Blut- und Leberwürste gewesen.
„Sieh dir diese dicken Pümmelwürste an!" habe ich zu Mama gesagt. Ich habe meine Stirn an die Scheibe gepreßt. An der braunen Pümmelwurst ganz außen im Fenster war ein gelber Fettropfen. Mama hat die Nase hochgezogen und die Pümmelwürste durch die Scheibe riechen können.
„Einmal", habe ich gesagt, „einmal kaufe ich mir so eine Pümmelwurst für mich ganz allein."
Mama hat die Lebensmittelkarten aus der Tasche geholt. Sie hat festgestellt, daß auf zwei Abschnitten noch hundert Gramm Wurst für die Woche waren. „Komm!" Sie hat mich die Steintreppe hochgezogen. Wir sind durch die braune Holztür auf den dunklen Flur. Rechts ist es in die Bärenwirtschaft gegangen, links in die Metzgerei. Ich bin über die Holzstufe gestolpert und wäre hingefallen, wenn Mama mich nicht festgehalten hätte.
„Himmel!" hat Mama geschrien, aber nicht, weil ich gestolpert bin. Sie hat dagestanden, mit großen Augen und hat auf die Frau mit der weißen Schürze hinter der Theke gestarrt.
„Ja, ist denn das die Möglichkeit?" Die Frau hat in die Hände geklatscht. Sie ist vor die Theke gelaufen und ist um Mamas Hals gefallen. „Die Hildegard! Die Hildegard!" hat

Mama gestammelt und ich wußte nicht, weint sie jetzt oder lacht sie. Sie hat geweint und gelacht, weil sie so glücklich war, daß sie die Hildegard getroffen hat. Die Hildegard war nämlich früher, ganz früher, als ich noch nicht auf der Welt war, bei uns Verkäuferin im Geschäft gewesen. Sie hat dann den Bärenwirt geheiratet und ist nach Dingelstädt gezogen.
„Es ist wirklich ein Wunder, daß wir uns hier wiedertreffen", hat Mama gelacht.
Ein Wunder? – Ja, ein Wunder! – Ich habe mir die dicken runden Pümmelwürste an der weißgekachelten Wand angesehen und gewußt, daß es stimmt, was unser Religionslehrer gesagt hat.

Die Hildegard hat uns vier Pümmelwürste, zwei rote und zwei weiße, eingepackt und ein Stück Schweinebauch und ein Stück Schweinebraten. Mama hat alles in ihrer Tasche verschwinden lassen und hat gelacht und ganz jung ausgesehen. Und sie hat Hildegard versprochen, daß sie ihr alles wieder gutmachen wird.
Davon hat Hildegard aber nichts wissen wollen, weil sie es früher so gut bei Papa und Mama gehabt hat. Und sie hat gesagt, daß wir wiederkommen sollen, wenn alles aufgegessen ist. Und sie wird schon dafür sorgen, daß wir nicht verhungern.

DER FRIEDHELM, DAS BABY UND ICH

Daß die Mama die Hildegard in Dingelstädt wiedergefunden hat, ist für Mama und Hildegard ein Glück gewesen. Denn die Mama ist jetzt jedes Wochenende in die Metzgerei zum Bärenwirt und hat beim Verkaufen von Pümmelwürsten, Fleisch und Speck geholfen. Die Mama hat das gern gemacht. Und die Hildegard war froh, denn sie hat viel Arbeit gehabt. Der Stefan ist auch immer mit zum Bärenwirt, er hat im Stall, in der Scheune und im Innenhof mit den vier Katzen und den beiden Dackeln gespielt.
Ich hatte keine Zeit, um mit den Katzen und Dackeln zu spielen. Ich habe auf das Baby von Hildegard aufgepaßt. Es war acht Monate alt und hat Erwin geheißen, und es hat meistens in seinem Bettchen allein in der Schlafkammer gelegen. Das Baby hat sich gefreut, wenn ich gekommen bin, weil ich mit ihm gespielt habe und mit ihm spazieren gefahren bin, in einem weißen Korbwagen mit einer blauen Spitzendecke. Manchmal ist meine Freundin Amanda mitgekommen, dann durfte sie auch mal den Kinderwagen schieben. Manchmal ist auch der Friedhelm mitgegangen, er war der älteste Sohn von Hildegard, zwei Jahre älter als ich. Er mußte viel zu Hause helfen, in der Wurstküche, im Stall, in der Küche und in der Wirtschaft.

Ich konnte den Friedhelm gut leiden. Einmal, an einem Samstagabend, hat das Baby gebrochen. Es hat ganz sauer gerochen. Die Hildegard war in der Wirtschaft, wo viele Leute waren und sie hat keine Zeit gehabt, sich um das Baby zu kümmern. Da hat sie zu Friedhelm und mir gesagt, daß wir das Baby baden sollen. Der Friedhelm hat das Baby

schon oft gebadet. Er hat in der Küche zwei Holzstühle zusammengestellt, die weiße Wanne auf die Stühle gehoben, heißes Wasser aus dem Kessel eingefüllt und kaltes dazugeschüttet. Dann hat er das Baby in die Wanne gesetzt. Ich habe dem Baby den Kopf gewaschen und der Friedhelm den Po. Dem Baby hat das gefallen, es hat gequietscht und geplanscht.
Uns hat das auch gefallen, wir haben auch gequietscht und geplanscht.
Nachher haben wir das Baby im Badetuch auf dem Küchentisch trocken gerubbelt und die Küche haben wir auch gewischt. Denn der Friedhelm hat gesagt, wenn seine Mutter die nasse Küche sieht, haut sie ihm den Hintern voll.
Nachher hat der Friedhelm das Baby auf dem Schoß gehalten und ich habe auf dem großen Herd einen Grießbrei gekocht. Das Baby hat viel Grießbrei gegessen, obwohl der mit Klumpen war. Aber allen Grießbrei hat es nicht aufbekommen. Den Rest haben Friedhelm und ich mit Apfelmus gegessen.
Der Friedhelm hat gesagt, daß ich eine sehr gute Köchin bin, das wüßte er jetzt, und daß ich mal eine gute Mutter werden würde, das wüßte er auch, weil er es ja gesehen hat. Und jetzt wollte der Friedhelm von mir wissen, ob ich ihn vielleicht später mal heiraten möchte.
Ich habe gedacht, daß ich Friedhelm gern heiraten möchte. Denn er hat schöne blaue Augen und helle Haare gehabt und viel zu essen hatte er auch. Nur, was mich an dem Friedhelm gestört hat, war die Wurstküche. In der Wurstküche ist aus den armen toten Schweinen die Wurst gemacht worden und einmal habe ich gesehen, wie der Friedhelm das Blut für die Thüringer Blutwurst gerührt hat.
Ich habe zum Friedhelm gesagt, ich werde es mir überlegen.

Im Oktober haben wir einen Ausflug gemacht. Mama, Hildegard, Stefan, Friedhelm, das Baby und ich. Wir sind am Nachmittag mit dem Zug zum Kalvarienberg gefahren. Der Kalvarienberg war ein Wallfahrtsort, wo Mama und Hildegard für den Frieden beten wollten. Der Bärenwirt hat in der Zwischenzeit im Geschäft die Wurst verkauft. Die Hildegard, die sonst immer im Geschäft sein mußte, war glücklich, daß sie mal raus kam. Sie hat die ganze Zeit im Zugabteil gesungen. Die Hildegard konnte sehr schön singen, denn sie war in Dingelstädt im Gesangsverein „Schneeweißchen und Rosenrot". Sie hat von der Jugendzeit, die so schnell vergeht, vom Männlein, das im Walde steht und vom Heideröslein gesungen. Mama, die neben Hildegard saß, hat mitgesungen und das Baby auf ihrem Arm hin- und hergeschaukelt und ein fröhliches Gesicht gehabt. Der Zug ist durch das Land gezuckelt und ich habe neben Friedhelm und Stefan gesessen und war sehr froh.
Dann hat die Hildegard das Lied „Oh Mädchen, mein Mädchen, wie lieb ich dich!" gesungen. Und da war ich nicht mehr froh. Denn der Friedhelm hat sich an mich rangequetscht und mich von der Seite angeglotzt. Ich bin aufgestanden und aufs Klo und habe mich eingeschlossen. Ich bin so lange geblieben, bis Mama gedacht hat, ich wäre aus dem Zug gefallen. Sie hat an die Klotür gepocht und geschrien, ob ich noch da wäre. Da bin ich rausgekommen.
An der nächsten Haltestation mußten wir aussteigen. Wir sind durch einen hohen, bunten Wald gelaufen, es war Herbst und es war ein Buchenwald. Das Laub auf dem Boden hat geraschelt. Friedhelm, Stefan und ich haben aus Laub einen Berg gemacht und uns reingeworfen. Ich habe gelacht, die braunen Blätter sind mir in den Mund gekommen, da habe ich gespuckt.
Mama und Hildegard sind mit dem Baby im Kinderwagen

den Weg mit den einzelnen Kreuzwegstationen zur Kapelle gelaufen. Sie haben an jeder Kreuzwegstation Halt gemacht und für den Frieden gebetet. Dabei haben sie sehr ernst ausgesehen.
An der letzten Kreuzwegstation haben wir sie von hinten überfallen. Da sind wir plötzlich hinter den Büschen vorgestürmt und haben „Hua! Hua!“ und „Hunger! Hunger!“ geschrien.
Hildegard hat gesagt, jetzt wäre genug gebetet worden, jetzt gäb's was zu essen.
Wir haben uns vor der Kapelle auf die Bank an den Holztisch gesetzt und Hildegard und Mama haben alles zum Essen und Trinken aus dem Kinderwagen geholt. Die Kaffeekanne, die Saftflasche, den Schmandkuchen, den Mohnstriezel, die Pümmelwürste und das Brot. Als alles auf dem Tisch gelegen hat, hat die Mama gefragt, wer das nur alles essen soll. Ich wußte, wer das essen sollte, und ich habe so viel in mich hineingestopft, daß ich nachher in der Kapelle Bauchdrücken hatte und rülpsen mußte.

HERZCHEN UND STERNCHEN

Die Frau Draier ist von Tag zu Tag ekliger zu Mama geworden. Sie hat sich geärgert, weil die Mama jetzt oft Bratenstücke von der Hildegard bekommen hat. Die Bratenstücke hat die Mama nämlich auf dem Herd von Frau Draier braten müssen. Das hat die Frau Draier wütend gemacht, denn früher hat ihr der Herd ganz allein gehört. Der Herd war ein silberner Kohleherd, der rundherum weiße Emaillefliesen hatte und der auf krummen, gebogenen, silbernen Beinen stand. Hinter dem Herd war eine weiße Kachelplatte in einem silbernen Rahmen und über der Kachelplatte ein blauer Wandbehang, da war mit weißen Kreuzstichen drauf gestickt „Eigner Herd! Goldes Wert!"
Manchmal, wenn ich mittags aus der Schule kam, hat es gut aus dem Schweizerhaus gerochen. Aber in der Küche hat es nach Zank und Streit gestunken. Beim Mittagessen haben die Frau Draier und die Mama mit eisiger Miene am Tisch gesessen, oben die Frau Draier mit Karl, Käthe und Karola und unten die Mama mit Stefan und mir.

„Ich halt das nicht mehr aus", hat Mama zwei Tage vor ihrem Geburtstag gesagt, der war am 11. November. Es war nach dem Mittagessen, wo es Erbsensuppe mit harten Erbsen und hartem Speck gegeben hatte. Dabei hatte die Mama die Erbsen einen Tag vorher eingeweicht und die Erbsensuppe mit dem Speck am Morgen schon ganz früh auf die Herdplatte gestellt. Aber die Frau Draier hatte die Erbsen, während Mama in der Stadt war, einfach in die hinterste Ecke vom Herd geschoben und ihren Rindsbraten gebraten.

Das hat Mama gereicht, am anderen Tag ist sie mit Stefan nach Münster gefahren. Ich habe geheult, weil ich nicht mitdurfte, denn Mama wollte nicht, daß ich die Schule schwänze. Und ich habe geheult, weil ich Angst um Mama und Stefan hatte, wo sie doch in die Hölle nach Münster fuhren.

Aber Mama hat gesagt, sie würde schon aufpassen und außerdem, hier bei Frau Draier wäre für sie auch die Hölle.

Als die Frau Draier hörte, daß Mama für zwei Wochen wegfuhr, ist sie auf einmal sehr nett geworden. Und sie hat zu Mama gesagt, daß sie auf mich aufpaßt und für mich mitkocht und daß Mama ruhig vier Wochen bleiben kann. Mama hat gemeint, ich könnte bei der Hildegard im Bärenwirt essen und die Frau Draier sollte sich keine Umstände machen. Aber die Frau Draier hat versichert, daß es keine Umstände für sie sind, wenn sie für mich mitkocht.

Sie war wohl froh, daß sie ihren eigenen Herd wieder für sich hatte und sie hat wirklich gute Sachen gekocht und immer wieder gesagt, ich sollte tüchtig zupacken.

Ich habe aber nicht tüchtig zugepackt, weil ich beim Essen zwischen Karl und Käthe sitzen mußte, die ich überhaupt nicht ausstehen konnte. Und außerdem habe ich Heimweh gehabt. Heimweh nach Mama, Papa und Stefan und nach Münster. Am Abend, wenn ich allein in meinem Bett gelegen habe, ist das Heimweh bis an meinen Hals geschlichen. Dann habe ich die Emma naßgeweint und mein Kopfkissen.

Obwohl die Mama drei Wochen in Münster geblieben ist, hat das Heimweh nur eine Woche gedauert und das ist durch die Edeltraut Kusche gekommen. Die Edeltraut Kusche ist die Tochter vom Bäcker Kusche gewesen, er hat unten an der Ecke Bahnhofstraße sein Geschäft gehabt, gleich ge-

genüber vom Bärenwirt. Edeltraut ist mit mir in eine Klasse gegangen und hat zwei Reihen vor mir gesessen.
Die Edeltraut hat immer Strippen mit in die Schule gebracht. Das waren die Ränder von den großen Plattenhefekuchen, die ihr Vater gebacken hat.
Die Edeltraut hat mir nie eine Strippe abgegeben, weil sie mich noch nicht lange genug gekannt hat.
Als Mama weg war, habe ich am Samstagmittag für die Frau Draier einen Topfkuchen mit Quark zum Bäcker Kusche bringen sollen. Zuerst bin ich in die Bäckerei, wo die Frau Kusche Brot und Kuchen verkauft hat. Sie hat zu mir gesagt, ich soll zu ihrem Mann in die Backstube gehen und ihm den Kuchen bringen.
Ich bin durch den schmalen langen Gang in die Backstube gegangen und mußte mich an den Mehlsäcken, die in dem Gang standen, vorbeiquetschen.
In der Backstube hat die Edeltraut beim Plätzchenausstechen geholfen. Sie stand an dem langen Holztisch an der Wand vor dem Fenster und hat Sternchen und Herzchen ausgestochen. Der Bäcker Kusche hat den Topfkuchen von Frau Draier auf einem Holzbrett mit Stiel in den Backofen an der Wand geschoben.
Ich bin zu Edeltraut und habe gefragt, was sie denn da macht.
Sie hat gesagt: „Siehst du doch, ich steche Weihnachtsplätzchen aus." Sie hat dabei ein mürrisches Gesicht gemacht und ich habe gewußt, daß sie nicht gerne Herzchen und Sternchen aussticht. Ich habe das früher in Münster mit Sophie immer sehr gerne gemacht und habe die Edeltraut gefragt, ob ich ihr helfen soll.
Da hat sie gesagt, daß ich helfen soll, wenn ihr Vater es erlaubt. Der Vater hat es erlaubt, er hat mich gefragt, woher ich die Edeltraut kenne. Als er gehört hat, daß wir in eine

Klasse gehen, hat er sich gewundert. „Du bist aber viel zu dünn für dein Alter“, hat er gesagt und die Edeltraut in ihren dicken Oberschenkel gekniffen. Die Edeltraut hat gequietscht. Der Bäcker Kusche hat gelacht und hat von einem Plattenkuchen, wo obendrauf ganz dick Schmand war, eine Strippe abgeschnitten. Die Strippe war bestimmt einen halben Meter lang und sie hat wunderbar gerochen und wunderbar geschmeckt.

Dann habe ich der Edeltraut beim Plätzchenausstechen geholfen. Wir haben die ausgestochenen Sternchen und Herzchen auf ein großes langes Blech gelegt und manchmal habe ich auch eins in den Mund gesteckt.
In einem großen Holzbottich ist ein großer Klumpen mit Teig gewesen, den hat Bäcker Kusche mit beiden Händen durchgeknetet, es hat ausgesehen, als wenn er den Teig boxt. Ich habe ihn gefragt, ob das Brotteig ist. Es war kein Brotteig, sondern Pfefferkuchenteig und er hat nach Honig und Anis gerochen. Und er hat auch nach Honig und Anis geschmeckt, denn Bäcker Kusche hat erlaubt, daß ich ihn probiere.
Dann ist der Detlef, der Bruder von Edeltraut, gekommen, er war schon alt und hat bei seinem Vater Bäcker gelernt. Die Edeltraut hat zu mir gesagt, der Detlef wäre doof und muffig und immer schlecht gelaunt, weil er nämlich eigentlich kein Bäcker werden wollte, aber Bäcker werden mußte, weil der Vater Bäcker war.
Ich fand den Detlef nicht muffig. Er hat in einer weißen Schüssel eine braune Schokoladenmasse gehabt, die hat nach Rum geduftet, weil Rumaroma drin war. Aus der Schokoladenmasse hat der Detlef Rumkugeln gemacht. Er hat sie in den Händen gerollt und ich durfte die Kugeln dann in Zucker wälzen. Mir hat das Rollen viel Spaß gemacht und

das Probieren auch. Als wir fertig waren mit den Rumkugeln, war auch mein Kuchen fertig gebacken.
Bäcker Kusche hat kein Geld fürs Abbacken genommen, weil ich so viel geholfen habe, und er hat gemeint, ich sollte bald wiederkommen.
Ich habe einen Knicks gemacht und mich bedankt. Die Edeltraut ist mit mir raus auf den Gang und sie hat mir zugeflüstert, daß der Detlef eine Braut hat, daß die Braut Gisela heißt und die Tochter von dem Kinobesitzer in der Hauptstraße ist und ihr manchmal Freikarten fürs Kino schenkt. Und sie hat mir versprochen, mich mit ins Kino zu nehmen, wenn ich ihr verspreche, weiter beim Plätzchenausstechen zu helfen.

Zum Glück war Mama noch in Münster, als ich zum erstenmal mit Edeltraut ins Kino bin. Denn sie hätte nie erlaubt, daß ich mir den Film „Wir tanzen um die Welt" ansehe, weil es nämlich ein Liebesfilm war.
Ich habe immerfort weinen müssen und die Edeltraut auch, weil der Film so schön war. Am schönsten war es, als die Tänzerin ohnmächtig geworden ist und der Mann, der sie geliebt hat, sie auf den Arm genommen und wach geküßt hat.
Ich war noch nie in meinem Leben ohnmächtig geworden, nur einmal beinahe, in der Kirche beim Weihrauchschwenken.
Und ich habe mir gewünscht, auch einmal ohnmächtig zu werden.

ROTER ROCK UND BLAUE TINTE

Die Mama ist mit dem Stefan Ende November 1943 aus Münster wiedergekommen. Ich war selig, als sie wieder da war und die Mama war es auch. Sie hat mich mitten auf dem Bahnhof in Dingelstädt in ihre Arme gewickelt und mein Gesicht und mein Haar abgeküßt und da hat sie plötzlich meine Zöpfe entdeckt. „Was ist denn das?" hat sie gelacht und an meinen Zopfschwänzen gezogen. „Siehst du doch."
Ich habe den Schwanz von meinem rechten Zopf mit den Fingern gedreht und erzählt, daß ich eine neue Freundin habe, die Edeltraut heißt und auch Zöpfe hat.
Mama hat gesagt, daß ich mit den Zöpfen wunderbar aussehe, und daß sie mir auch was Wunderbares mitgebracht hat, einen roten Rock, den Großmutter genäht hat, und einen weißen Pullover. Der Rock war aus rotem Fahnentuch und auf die Taschen und Träger hat Großmutter weiße Schneeglöckchen gestickt.
Ich habe ihn gleich anprobiert. Er hat gepaßt, obwohl Großmutter mich doch so lange nicht mehr gesehen hat und nicht wußte, wie groß ich geworden war.
Ich habe vor dem Spiegel im Flur gestanden und mich von allen Seiten beguckt und er war so schön, daß ich gleich zur Edeltraut wollte, um ihn ihr zu zeigen. Die Mama, die im Schlafzimmer ihren Koffer ausgepackt hat, meinte aber, ich sollte mich schnell hinsetzen und Großmutter einen Brief schreiben und mich für den schönen Rock und den Pullover bedanken. Und wenn ich zur Edeltraut ginge, könnte ich den Brief gleich mitnehmen.
Eigentlich wollte ich ja nicht schreiben, aber wo Großmutter so lieb war, habe ich mich doch in die Küche an den Küchen-

tisch gesetzt. „Liebe Großmutter!“ habe ich mit blauer Tinte auf mein weißes Briefpapier geschrieben. Dann habe ich mein Kinn in die linke Hand gelegt und weil ich nicht weiter wußte, an dem Ende von meinem Federhalter gekaut.

Der Stefan ist an den Tisch gekommen und auf einen Stuhl geklettert. Er hat auch an Großmutter schreiben wollen. Ich habe ihm ein Blatt und einen Buntstift gegeben. Er hat aber meinen Federhalter haben wollen, weil er die Feder in die Tinte tauchen wollte.

Ich habe gesagt, dazu ist er zu klein und er soll gefälligst aufpassen, daß der Tintentopf auf dem Tisch nicht umfällt. Stefan hat gebrüllt, er ist nicht zu klein und ich soll ihm verflixt nochmal meinen Federhalter geben. Er hat dabei mit seinen kleinen Fäusten auf den Tisch getrommelt.

„Bist du wahnsinnig?“ Ich habe schnell den Tintentopf retten wollen. Er ist mir aus der Hand gerutscht.

„Mama! Mama!“ habe ich geschrien. Mama ist in die Küche gestürzt, ich habe vor dem Küchentisch gestanden, auf dem roten Fahnenrock mit den weißen Schneeglöckchen ist ein großer blauer Tintenfleck gewesen. „Julia!“ Mama hat ihre Hände vors Gesicht geschlagen.

Da wollte ich ohnmächtig werden! – Meine Knie sind umgeknickt, ich bin auf den Holzfußboden in der Küche gefallen. Es war wie in dem Film „Wir tanzen um die Welt!“ und es war sehr angenehm, auf dem Fußboden mit geschlossenen Augen zu liegen. Mama hat sich neben mich gekniet, meine Backen gestreichelt und ganz lieb „Julia! Julia!“ gerufen. Und ich habe gedacht, gleich küßt sie mich, wie im Film. Aber das hat Mama nicht gemacht. Sie hat einen nassen Waschlappen auf meine Stirn gelegt und das war sehr unangenehm. Da bin ich lieber wieder wach geworden. „Mein Gott, hast du mich erschreckt!“ hat Mama gesagt.

Als ich den großen blauen Tintenfleck auf meinem schönen roten Rock gesehen habe, habe ich meinen Kopf an Mamas Schulter gelegt und geweint, weil ich noch nie so einen schönen Rock gehabt habe und nie wieder einen so schönen Rock bekomme wie diesen hier und der ist nun hin.
Mama hat mich getröstet und mir versprochen, daß sie den Fleck bestimmt mit Seife rauskriegt und daß ich bald, wenn der Krieg zu Ende ist, bestimmt wieder einen neuen Rock bekomme. „Einen!" hat Mama gerufen. „Einen! Du bekommst so viele, wie du haben willst!" Und jetzt hat sie mich geküßt, auf die Backen, wo die Tränen runter gelaufen sind.
„Wann ist der Krieg denn endlich aus?" habe ich geschluchzt.
„Es kann nicht mehr lange dauern", hat Mama gesagt. „Wenn der Führer erst mal die Wunderwaffen einsetzt, dann ist alles gelaufen."
„Und wann setzt er die Wunderwaffen ein?" habe ich gefragt.
„Bald", hat Mama gesagt. „Sie sind nur noch nicht ganz fertig."

DIE WUNDERWAFFE V 1

Wir haben alle auf die Wunderwaffe gewartet. Es war schon Sommer 1944, da ist sie endlich gekommen.
Am Morgen, ganz früh, ich war gerade dabei, mir meine blauweißgeringelten Socken anzuziehen, da ist die Frau Draier ohne anzuklopfen zu uns ins Schlafzimmer gestürzt und hat geschrien, daß ein Wunder geschehen ist, im Radio, im Radio hätten sie es verkündet.
Jetzt dreht sie durch, habe ich gedacht.
Ich glaube, das hat die Mama auch gedacht, denn sie ist wie von einer Biene gestochen in ihrem Bett hoch, hat die Bettdecke bis unter ihr Kinn gezogen und die Frau Draier gefragt, ob es der Frau Draier vielleicht nicht gut geht. Und ob sie vielleicht Kopfschmerzen hat und ob die Mama ihr einen Tee kochen soll.
Die Frau Draier wollte keinen Tee, sie wollte, daß Mama schnell, schnell ins Wohnzimmer vor den Radioapparat kommt.
Die Mama ist aus dem Bett und im Nachthemd mit bloßen Füßen hinter der Frau Draier ins Wohnzimmer. Der Stefan und ich sind auch hinterher.
Der Karl und die Käthe sind fast in den kleinen braunen Rundfunkempfänger reingekrochen, der auf dem braunen Buffet stand.
Aus dem Rundfunkempfänger haben sie das Deutschlandlied gespielt. Die Frau Draier hat die beiden an die Seite geschubst und gesagt, sie muß mit der Mama hören, was genau los ist, und jetzt ist sie fast in den Apparat reingekrochen. Mama hat sich auf den Stuhl am Tisch gesetzt, hat auf ihrer

Unterlippe rumgebissen und erwartungsvoll die Frau Draier angeguckt. Als das Deutschlandlied zu Ende war, ist die Meldung gekommen, die Meldung von der Wunderwaffe V 1, die in der Nacht vom 12. auf den 13. Juni 1944 zum erstenmal gegen England eingesetzt worden ist. „V 1 heißt die Wunderwaffe?“ habe ich gefragt. „Was ist denn das für eine?“
„Tscht ruhig!“ hat die Frau Draier mir zugezischt und mit den Händen geflattert. „Ja, ja!“ Ich war schon ruhig, denn im Radio haben sie jetzt erklärt, was die Wunderwaffe V 1 ist, nämlich ein Flugzeug, das mit Sprengstoff beladen war und ganz alleine fliegen konnte. Deutsche Soldaten haben die V 1 vom Atlantikwall in Frankreich über den Ärmelkanal bis nach London geschossen und dort ist die V 1 wie eine riesengroße Bombe explodiert.
„Bis nach London!“ Mama hat gestaunt. Sie ist vom Stuhl hochgehüpft, hat die Arme in die Luft geworfen und dann ist etwas Wunderliches geschehen. Die Mama und die Frau Draier sind sich in die Arme gefallen und haben sich gedrückt und angelacht und uns Kindern verkündet, jetzt würden wir den Krieg doch noch gewinnen, jetzt, wo wir die V 1, die Wunderwaffe haben.
„Und dann ist der Krieg endlich aus!“ habe ich gebrüllt und bin aus dem Wohnzimmer, über den Flur, durch die Haustür über die vier Treppenstufen vors Haus gelaufen, durch den Garten bis an den Zaun. „Amanda! Amanda!“ habe ich geschrien, so laut, daß die Hühner ganz verschreckt weggelaufen sind.
Die Amanda ist in den Hof gekommen und sie hat gerufen, daß es doch noch Zeit bis zur Schule ist, weil die doch erst um acht Uhr anfängt.
„Ich geh heut nicht zur Schule!“ habe ich gerufen. „Und du brauchst auch nicht, weil heute bestimmt schulfrei ist.“

„Schulfrei? Spinnst du!“ hat die Amanda gefragt. „Warum denn das?“

„Weil die heute die Wunderwaffe, die V 1, abgeschossen haben, bis nach England und weil der Krieg jetzt bald aus ist“, habe ich geschrien. Ich war so glücklich, da habe ich einen Handstand gemacht, einen Moment auf dem Kopf gestanden, bin mit den Beinen rumgekippt und habe die Amanda angegrinst. Und da hat sie mich gefragt, ob ich nicht doch tatsächlich spinne.

UNSER FÜHRER ADOLF HITLER

Die Wunderwaffe V 1 ist doch keine Wunderwaffe gewesen und die V 2 auch nicht, die am 8. September 1944 zum erstenmal eingesetzt wurde. Die V 2 war die erste Fernrakete. Aber sie hat auch nicht geholfen, den Krieg zu gewinnen.
Ende September haben sie den Papa geholt. Er mußte nun doch noch Soldat werden, obwohl er einen kaputten Arm gehabt hat. Sie haben ihn nach Halle zur Flak geschickt. Da hat er vom Dach aus mit dem Flakgeschütz auf die feindlichen Flieger schießen müssen.
Als der Brief vom Papa mit der Nachricht von der Einberufung gekommen ist, hat die Mama ein käsebleiches Gesicht gehabt. „Jetzt holen sie auch noch die Krüppel in den Krieg“, hat sie gesagt. „Dieses Schwein!“
„Seit wann ist denn der Papa ein Schwein?“ habe ich entsetzt die Mama gefragt.
„Doch nicht der Papa, der Hitler!“ hat die Mama gesagt. Und dann hat sie sich gleich umgesehen, ob die Tür vom Schlafzimmer auch zu war, weil die Frau Draier nicht hören durfte, was Mama da sagt, weil es nämlich verboten war, so was zu sagen.
Die Mama hat überhaupt jetzt oft auf den Hitler geschimpft, natürlich nur, wenn sie mit mir allein war oder wenn die Hildegard und der Bärenwirt dabei waren.

Wenn die Mama so was vom Führer gesagt hat, habe ich auch immer eine Wut auf den Führer bekommen und ich fand es gemein, daß er den Papa noch in den Krieg geholt hat. Ich habe große Angst um Papa gehabt, weil er doch so schutzlos da oben auf dem Dach sein mußte. Darum bin ich

oft am Abend in die kleine runde Kapelle, die gegenüber dem Krankenhaus gelegen hat. Jeden Abend um sechs Uhr war Friedensandacht.
Ich mochte es, in der kleinen Kapelle zu sein. Es ist so gemütlich gewesen, wenn die Kerzen geflackert haben und der Herr Schützenbuhl, der Küster, auf seiner Orgel gespielt hat. Er hat Lieder gespielt, die im Gesangbuch gestanden haben, ich habe laut mitgesungen. Das hat mir gut getan und ich war wegen Papa nicht mehr so traurig. Und wenn die Friedensandacht zu Ende war, habe ich genau gewußt, daß der liebe Gott auf Papa da oben auf dem Dach gut aufpassen wird.

Zweimal in der Woche, am Dienstag und am Donnerstag, konnte ich nicht in die kleine Kapelle. Da hatten wir Gruppenstunde im Gemeindehaus. Ich war nämlich jetzt bei den Jungmädeln. In der Gruppenstunde haben wir auch gesungen, aber andere Lieder als in der Kirche. Manche Lieder haben mir viel besser gefallen als die aus dem Gesangbuch. Amanda und Edeltraut waren auch mit in der Gruppenstunde. Wir haben Spiele gemacht, Völkerball und Brennball und Schnitzeljagd und gestrickt haben wir auch für die Soldaten. Ich habe ein Paar mausgraue Handschuhe gestrickt, mit Zopfmuster drauf. Die sollte Papa haben. Ich mußte sie aber abliefern für einen Soldaten in Rußland. Wenn wir nicht gestrickt, gespielt oder gesungen haben, sind wir auf den Sportplatz. Der hat hinter dem Schwimmbad gelegen, an dem kleinen Fluß, der Unstrut heißt.
Edith, unsere Gruppenführerin, hat mit uns Leichtathletik geübt. Im Weitsprung war ich lahm und beim Laufen hatte ich Blei in den Beinen. Wenn wir in Vierergruppen gestartet sind, bin ich immer als Letzte durchs Ziel. Edith hat mich angeschnauzt, daß der Führer keine lahmen Enten will. Ich

wollte ja auch keine sein. – Und war auch keine, denn im Hochsprung bin ich die Beste gewesen. Das kam daher, weil ich so lang wie eine Giraffe war. Ich habe mich getröstet und gedacht, daß es vielleicht manchmal besser ist, hoch zu springen als gut zu laufen.

In der Schule sind wir jetzt zweimal in der Woche mit einem Korb losgezogen und haben Heilkräuter für die Soldaten gesammelt. Grünes Zinkkraut, gelbes Johanniskraut, weiße Schafgarbe und weiße Kamille.
Die Kräuter sind in der Turnhalle der Schule zum Trocknen ausgelegt worden. Ich habe mich freiwillig für den Nachmittag zum Wenden der Kräuter gemeldet, denn ich mochte den Duft von Kräutern sehr. Ich habe dabei an Papa gedacht, wenn Papa verwundet wird, bekommt er wenigstens eine gute Kräutersalbe. Ich habe mir gewünscht, daß Papa nie verwundet wird.
Einmal habe ich in der Bäckerei Kusche einen Soldaten gesehen, dem haben sie im Krieg seinen rechten Arm abgeschossen. Es hat schrecklich ausgesehen, wie der leere graue Jackenärmel neben ihm baumelte. Er hat ein Brot gekauft. Als er gegangen ist, habe ich ihm die Tür aufgemacht. Er hatte ja nur eine Hand und in der war schon das Brot. Ich wollte auch Brot kaufen. Habe es aber vergessen, weil ich erst mal zur Edeltraud in ihr Zimmer rauf bin. Ich habe ihr von dem Mann ohne Arm erzählt.
Die Edeltraud hat gesagt, sie hätte noch was viel Schlimmeres gesehen, nämlich bei ihrem Onkel Ortwin. Dem haben sie in Rußland das rechte Bein abgeschossen. Sie hat gezeigt, mit beiden Händen, wie groß der Stumpf ist, der noch übrig geblieben ist.
Ich habe nicht hingeguckt.
Nachher sind wir zu Amanda gegangen. Wir haben verwun-

dete Soldaten gespielt. Die Edeltraud war ihr Onkel Ortwin, sie ist immer nur auf dem linken Bein gehüpft. Ich war der Mann, der seinen rechten Arm verloren hat. Die Amanda wollte nicht verwundet spielen, sie wollte Rote-Kreuz-Schwester spielen. Sie hatte mal eine gesehen, als ein langer weißer Verwundetenzug auf dem Bahnhof in Dingelstädt gestanden hat.

Als die Kastanien dick und braun von den Bäumen geknallt sind, haben wir Bucheckern gesammelt. Und in den Herbstferien ist unsere Gruppe für eine Woche in ein Jugendheim in den Thüringer Wald gefahren. Das Jugendheim hat in einem bunten Buchenwald gelegen.

Am letzten Abend haben wir ein Lagerfeuer im Hof aufgebaut. Als das Feuer brannte, gab es Hefekuchen mit Bucheckern und Zucker drauf und heißen Kakao. Wir haben rund um das Lagerfeuer gesessen, über uns war der Himmel hoch und voller Sterne. Die Flammen haben geknistert und die Funken sind rot und glühend in den Himmel getanzt.

Später haben wir auch getanzt, um das Feuer. Edith hat auf der Gitarre gespielt. Ich war sehr glücklich und lustig und bin wie Rumpelstilzchen gesprungen. Als wir das Deutschlandlied in die Nacht gesungen haben, bin ich nicht mehr lustig gewesen. Ich mußte schlucken an dem Kloß, der plötzlich in meinem Hals war. Wir haben rund um das helle Feuer gestanden, uns an den Händen gehalten und geschworen, daß wir den Führer Adolf Hitler immer lieben werden und daß wir siegen werden und daß uns einmal die ganze Welt gehören wird und daß unser Führer Adolf Hitler der beste Führer der ganzen Welt ist.

SONDERURLAUB

Frau Draier hat mir die Haustür geöffnet, als wir von der Fahrt zurückgekommen sind. Ich habe meinen Rucksack, den ich im Jugendheim mithatte, ins Zimmer gepfeffert.
„Wo ist Mama?“ habe ich gefragt. Sie hatte doch gewußt, daß ich am Nachmittag um fünf Uhr zurückkomme.
„Sie ist am Bahnhof“, hat Frau Draier gesagt.
„Am Bahnhof?“
„Ja, sie bringen deinen Papa zum Bahnhof!“
„Den Papa?“
Ich habe die Tür aufgerissen und bin die Bahnhofstraße hochgehetzt. Es ging bergan, ich bin gerannt. Meine Beine waren wie Blei. Immer, wenn ich schnell rennen will, sind meine Beine wie Blei.
Ein Zug hat auf den Gleisen gestanden. In dem Zug hat ein Soldat aus dem Fenster geguckt. Ich konnte nicht erkennen, ob es Papa war. Aber Mama habe ich an ihrem roten Mantel erkannt und Stefan. Mama und der Soldat haben sich an den Händen gehalten.
„Papa!“ habe ich gebrüllt. Der Soldat hat Mamas Hände losgelassen. „Papa!“ Jetzt konnte ich ihn erkennen. Er hat gewunken und gelacht.
Der Zug ist langsam angefahren.
Ich bin gerannt, habe meine Hand ausgestreckt. Er hat sich aus dem Fenster gebeugt, hat seine Hand ausgestreckt.
Der Zug war schneller.
Ich habe geheult. In Mamas roten Mantel habe ich geheult, denn Mama hat meinen Kopf an ihre Brust gedrückt.
„Wann ist Papa denn gekommen?“
„Vorgestern, da hat er plötzlich bei uns im Zimmer gestanden. Sonderurlaub!“ hat Mama gesagt.

Stefan hat an meiner Jacke gezerrt. „Julia!“ hat er gesagt. „Julia, unser ganzes Haus ist kaputt!“
„Welches Haus?“ habe ich Mama gefragt. „Welches Haus ist kaputt?“
„Unser Haus in Münster in der Kanalstraße!“
„Nein!“ habe ich geschrien und die Augen zugekniffen. Unser großes, schönes graues Haus in der Kanalstraße?
„Am 23. Oktober ist eine Sprengbombe rein. Alles ist weg!“
Ich habe die Augen wieder aufgemacht und zu Mama gesagt, daß ich es nicht glauben kann und ob es vielleicht gar nicht wahr ist.
„Es ist wahr!“ hat Mama gesagt. Sie hat Stefan und mich an die Hand genommen und uns über den kleinen grauen Bahnhof von Dingelstädt gezogen.
„Die Edith, unsere Gruppenführerin, hat gesagt, daß wir im Krieg alle Opfer bringen müssen.“
„Ja, das müssen wir!“ Mama hat uns weiter über den Bahnhof gezogen.
„Wenn ich groß bin, dann verhaue ich den Hitler, weil der unser Haus kaputt gemacht hat“, hat Stefan gesagt.
„Der Hitler kann doch nichts dafür“, habe ich Stefan erklärt.
„Wer denn?“ Mama ist mitten auf dem Bahnhofsvorplatz stehen geblieben. Es hat zu regnen angefangen. Das Kopfsteinpflaster hat im Regen geglänzt. „Wer kann denn sonst dafür?“
„Die Feinde! Die haben doch die Bombe auf unser Haus geworfen. Die Amerikaner, die Russen oder die Engländer. Die sind böse.“
„Ja, das sind sie!“ Mamas Stirn war faltig wie mein karierter Faltenrock. „Aber der Hitler ist schuld am Krieg!“

KOHLROULADEN

Der Mann von der Hildegard, der Bärenwirt, ist auch Soldat geworden. Und das Wurstwunder hat aufgehört, denn die Hildegard ist mit dem Friedhelm und dem Erwin zu ihrer Mutter nach Silberhausen gezogen. Silberhausen war das Dorf hinter Dingelstädt.

Mama hat gesagt, es ist ein Wunder, daß der Führer den Bärenwirt haben will, wo er doch ein lahmes Bein hat. „Zuletzt holen sie noch die Kinder zum Schießen", hat Mama gesagt, und sie war froh, daß Renate und ich Mädchen waren und der Stefan noch so klein, daß sie ihn nicht brauchen konnten.

Den Bäcker Kusche haben sie geholt und seinen Sohn, den Detlef, der ja schon siebzehn war. Der Detlef hat sich gefreut, daß er Soldat werden mußte, der Bäcker Kusche nicht. Sie haben die Bäckerei zugemacht und es gab jetzt keine Strippen mehr für mich.

Keine Wurst und keine Strippen, wir mußten mit dem auskommen, was es auf den Lebensmittelmarken gab. „Zum Leben zu wenig und zum Sterben zuviel", hat Mama immer gesagt.

Wir haben Hunger gehabt. Der Hunger ist überall gewesen, im Bauch, im Kopf und in den Beinen. Statt Brotscheiben hat Mama uns Steckrübenscheiben gegeben. Das hat Mama noch aus dem anderen Krieg gekannt. Da hat die Großmutter ihren Kindern auch Steckrübenscheiben zu essen gegeben.

Aus dem Thüringischen sind braune Weidenkörbe mit Äpfeln und Birnen geschickt worden. Frau Draier hat zu Karl, Käthe und Karola gesagt, daß Obst gesund ist. Der Karl, die

Käthe und die Karola haben aber kein Obst gemocht. Da sind die Äpfel und Birnen in den braunen Körben verfault.
Uns hat sie aber nichts gegeben. Die Amanda, meine Freundin, hat Äpfel und Birnen aus dem Keller von ihrer Mutter geklaut. Die haben gereicht für Stefan, Mama und mich. Mama wußte natürlich nicht, daß sie geklaute Äpfel aß.
Die Amanda ist beim Klauen nie erwischt worden. Aber ich!

Das war an dem Tag, als Mama, Stefan und ich am Nachmittag bis nach Silberhausen gelaufen sind. Wir wollten Hildegard besuchen. Mama hat uns versprochen, wir würden bestimmt ein gutes Wurstbrot bei der Hildegard bekommen.
Mit dem Wurstbrot war es aber nichts, weil die Hildegard nicht da war. Wir sind durch die Felder nach Dingelstädt zurückgelaufen. Mein Bauch, der sich schon so auf das Wurstbrot gefreut hatte, hat geknurrt wie ein wütender Hund. Stefan hat geweint, weil er so Hunger gehabt hat. Mama hat ihn an die Hand genommen und ihn über den Weg gezogen. Sie hat ausgesehen, als wenn sie auch weinen wollte, außerdem war es kalt und wir haben gefroren.
Plötzlich ist das Feld mit den Kohlköpfen dagewesen. Dicke runde Kohlköpfe, einer neben dem anderen.
„Sieh dir das an!“ hat Mama gesagt und ihre beiden Hände an die Backen gelegt und dagestanden wie Weihnachten.
„Weißt du noch, wie du uns immer Kohlrouladen gemacht hast?“ habe ich Mama gefragt. Und ich habe die braune Soße gerochen, in die Mama immer die Kohlrouladen gelegt hat.
Mama hat genickt, sie hat sich hingekniet und einen Kohlkopf gestreichelt.

Ich habe mich auch hingekniet. „Soll ich dir einen klauen?“

„Bist du verrückt!“ Mama ist schnell wieder hoch. „Wenn wir erwischt werden!“ Sie hat den Stefan an die Hand genommen und ist mit ihm gerannt, weil sie nicht zu spät zur Abendandacht um sechs in der Kapelle sein wollte.

Die Kerzen haben geleuchtet in der kleinen Kapelle. Auf der Orgel hat der Herr Schützenbuhl das Lied von dem „Schönsten Herrn Jesus“ gespielt.

Mama hat sich mit Stefan und mir in die hinterste Bankreihe gequetscht. Sie hat sich hingekniet und das Gesicht in ihre Hände gelegt.

Ich wollte singen und für Papa beten. Nur, es ist nicht gegangen, denn ich hatte sehr viel Wut im Bauch.

Nach der Kirche habe ich zu Mama gesagt, daß ich nochmal schnell zu Amanda muß. Mama ist mit Stefan nach Hause gegangen. Ich bin zu Amanda und habe gefragt, ob sie mir mal ihr Rad leiht. Sie hat wissen wollen, wozu ich es brauche. Ich habe gesagt, es ist ein Geheimnis und wenn sie meine Freundin ist, gibt sie mir ihr Rad.

Sie hat es mir gegeben.

Mit dem Rad bin ich zu dem Feld mit den Kohlköpfen gesaust. Ich habe gedacht, ich werde Mama einen Kohlkopf klauen und die Mama wird daraus schöne braune Kohlrouladen machen. Den schönsten, den dicksten, den besten Kohlkopf wollte ich klauen.

Ich habe Amandas Rad auf den Weg gelegt. Ich bin ins Feld und habe nach dem besten Kohlkopf gesucht. Ich habe ihn gefunden. Er war fest und rund, ich habe ihn mit der Wurzel ausgerissen.

„He du!“ hat da jemand geschrien.

Ich habe mich umgedreht. Auf dem Weg hat ein Mann gestanden, ein großer Mann. Es war der Gärtner Firmer.
Ich habe weglaufen wollen. Nur, ich konnte nicht. Meine Füße waren auf der braunen Erde wie festgewachsen und außerdem hatte der Mann mein Rad, das Rad von Amanda.
„Komm mal her!" Er hat geschrien und mit der Hand gewunken.
Ich habe meine Füße von der feuchten Erde gezogen und bin hin.
„Wie heißt du?" hat er gefragt. Ich habe ihm meinen Namen genannt und an Mama gedacht.
„Ein guter Tausch!" Er hat seinen Mund breit gezogen, ich konnte seine Zahnlücke sehen. „Du nimmst den Kohl und ich das Rad."
Dann ist er mit dem Rad ab, weggefahren.
Ich bin heulend mit meinem Kohlkopf nach Hause gegangen.
Mama hat mir aufgemacht.
Sie ist mit mir zum Gärtner Firmer. Der hat mit seiner Frau und seinen beiden Kindern in der Küche am runden Holztisch beim Essen gesessen. Es gab Bratkartoffeln mit Eiern, es hat nach Speck und Zwiebeln gerochen. Und die Bratkartoffeln sind brutzelig braun gewesen. Sie waren fast so braun wie Mamas Bratkartoffeln mit Kaffeesatz. Die Lampe über dem runden Tisch war rot und das Gesicht vom Gärtner Firmer auch.
Mamas Gesicht war grau, als sie dem Gärtner seinen Kohlkopf auf den Tisch gelegt hat.
Der Gärtner Firmer hat sich mit dem Handrücken seinen fettigen Mund abgewischt. Er hat das Fahrrad aus der Scheune geholt.
Ich habe es Amanda zurückgegeben.

FRIEDE DEN MENSCHEN AUF ERDEN

Am 29. Dezember 1944 habe ich Papa meinen allerletzten Brief in diesem Jahr geschrieben. Das war der längste Brief von allen, die ich geschrieben habe!
Ich habe ihm geschrieben, daß wir die Schokolade, die Papa für Stefan und mich zu Weihnachten geschickt hat, gleich am Heiligen Abend aufgegessen haben. Sie hat sehr gut geschmeckt, obwohl es bittere war. Und früher konnte ich bittere Schokolade nicht ausstehen.
Dann habe ich Papa gefragt, ob er unser Päckchen auch noch zum Heiligen Abend bekommen hat. In dem Päckchen waren braune Lebkuchenherzen, die Mama und ich für ihn gebacken haben. Es hat eine Sonderration Kunsthonig zu Weihnachten gegeben. Mama war sehr froh über den Kunsthonig, weil wir dann doch wenigstens dem Papa nach Halle und der Renate nach Bayern ein Päckchen mit Lebkuchen schicken konnten.
Ich habe Papa auch gefragt, ob ihm der graue Schal paßt, den ich für ihn gestrickt habe. Ich habe ihn nicht ganz allein gestrickt. Mama hat mir dabei geholfen, denn sonst wäre er nicht fertig geworden. Renate hat auch so einen Schal bekommen, auch eine Mütze dazu und ein Paar Handschuhe. Mama hat dafür ihren alten grauen Pullover aufgeribbelt.
Ob der Papa auch am Heiligen Abend von seinem Dach aus auf die feindlichen Flieger schießen mußte, habe ich ihn gefragt.
Ich bin froh gewesen, daß Weihnachten vorbei war. Denn es war kein schönes Weihnachten.
Es hat schon ganz schön schlimm angefangen am Heiligen Nachmittag. Wir hatten mit Pfarrer Weinmar von der Kir-

che aus ein Krippenspiel eingeübt. Das haben wir im Krankenhaus in der Kapelle aufgeführt. Wer wollte, konnte zugucken. Mama und Stefan haben auch zugeguckt. Amanda war die Maria. Emma war das Jesuskind in der Krippe. Sie hatte eine weiße Babymütze mit einem Bommel obendrauf auf dem Kopf und hat wie ein Baby im Stroh gelegen. Jörg Schnitzler, der Sohn vom Bauer Schnitzler, war der Josef.
Zuerst hat es gut angefangen. Der Chor hat gesungen „Alle Jahre wieder kommt das Christuskind!" Und die Leute in den Bänken haben mitgesungen.
Dann sind Maria und Josef auf die Herbergssuche gegangen. Weil niemand sie haben wollte, sind sie in dem Stall gelandet. Der Esel in dem Stall war die Edeltraut. Und der Ochse war der Willi, der Sohn vom Lehrer Bungert. Die Edeltraut hat sehr gut Iaa gerufen und der Ochse hat sehr gut gemuht.
Hinter dem Stall waren die Hirten auf dem Feld. Die schliefen. Ich habe Papa geschrieben, daß jetzt ich gekommen bin, denn ich war der Engel. Ich hatte einen goldenen Stern auf dem Kopf und einen goldenen Stern an einem langen goldenen Stab in der Hand und zwei Flügel aus Papier mit Draht hatte ich auch. Nur fliegen konnte ich nicht. Aber ich bin auf weißen Socken zu den Hirten auf das Feld geschwebt und habe die Arme ausgebreitet und wollte gerade „Friede den Menschen auf Erden!" sagen. Da ist es passiert. Da hat der Stefan ganz laut gerufen „Mama, Mama guck mal, die Julia hat dein Nachthemd an, das mit den Löchern an den Armen!"
Das Nachthemd, das ich anhatte, hat nämlich Lochstickerei an den Armen gehabt. Ich habe dagestanden wie ein Engel aus Porzellan und konnte überhaupt nicht mehr sprechen. Und ich hatte vergessen, was ich sprechen sollte.
Hinter dem Vorhang hat der Pfarrer Weinmar geflüstert:

„Friede den Menschen auf Erden! Friede den Menschen auf Erden! Friede den Menschen auf Erden!“
Als er es dreimal geflüstert hat, habe ich es verstanden und es gesagt. Nachher habe ich hinten in dem kleinen Raum neben der Kapelle gehockt und geheult. Und Pfarrer Weinmar hat mich getröstet und Mama auch und der Pfarrer hat zu Mama gesagt: „Ein Friedensengel, der weint, der paßt in unsere kriegerische Zeit!“
Auf dem Weg nach Hause habe ich kein Wort mit dem Stefan gesprochen. Aber zu Mama habe ich gesagt, ich werde dem Stefan das nie verzeihen, das mit dem Nachthemd.
Mama hat gesagt, Stefan hätte es doch nicht so gemeint und wir sollten uns wieder vertragen, weil doch Weihnachten ist.

Daß ich mich mit Stefan unterm Tannenbaum wieder vertragen habe, habe ich Papa in meinem Brief auch geschrieben. Es war schon schlimm genug, mit Mama und Stefan allein unterm Tannenbaum zu stehen, ohne Papa, ohne Renate, die ja wegen der Luftangriffe nicht mit dem Zug kommen konnte und darum in ihrem Internat in Bayern bleiben mußte.
Das Wohnzimmer von Frau Draier, die in Thüringen auf ihrem Bauernhof war, hat so leer ausgesehen, obwohl der große Tannenbaum viel Platz weggenommen hat. Mama hat ihn mit blauen und roten und silbernen Kugeln geschmückt, die hatte ihr die Hildegard geliehen, auch die Kerzenhalter. Kerzen hatte Mama besorgt. Aber es waren nicht viele. Es hat auch kein bißchen nach Weihnachten geduftet. Auch die Lebkuchen nicht, die mit den Äpfeln auf unseren bunten Tellern lagen. Vielleicht habe ich auch nichts von Weihnachten gerochen, weil ich einen Schnupfen hatte.

Im Wohnzimmer war es kalt, denn Mama hat sich nicht getraut zu heizen, weil nur noch wenig Kohlen im Keller waren.
Als Mama „Stille Nacht! Heilige Nacht!“ angestimmt hat, konnte ich vor Kälte kaum mitsingen und Mama konnte wegen der Tränen nicht, die ihr in den Mund gelaufen sind, und Stefan konnte den Text von dem Lied nicht.
Dann haben wir uns die Geschenke angesehen. Ich habe Papa von meinem Federetui geschrieben, das ich für die Schule bekommen habe. Ein richtiges neues Federetui, braun, aus gewellter Pappe und es hat geglänzt und zwei braune Druckknöpfe hat es auch gehabt. Innendrin waren ein weißer Bleistift und ein roter Federhalter und eine Hülse mit Federn und fünf Buntstifte in blau, gelb, rot, grün und braun. So ein schönes Federetui habe ich noch nie gehabt und ich bin vor Freude Mama um den Hals geflogen.
Als ich den roten Pullover entdeckt habe, bin ich Mama nochmal um den Hals geflogen. Aber er war zu klein. Er hat unter den Armen gekniffen und über der Brust gespannt. Die Mama hatte doch tatsächlich vergessen, daß ich bald zwölf Jahre alt werde. Mama hat den roten Pullover aus dem alten roten von Papa gemacht, den sie aufgeribbelt hat. Jetzt mußte sie ihn nochmal aufmachen und neu stricken.
Stefan hat auch so einen schönen roten Pullover bekommen, und der hat richtig gepaßt. Ich habe Mama gefragt, wann sie die Pullover gestrickt hat, denn ich habe nie etwas davon gesehen. Sie hat gesagt, daß sie manchmal nachts im Bett strickt, wenn sie nicht schlafen kann.

Ich habe Papa gefragt, ob er sich vorstellen kann, wie die Mama nachts im Bett sitzt und strickt und ich habe ihm von dem Bild erzählt, das ich für die Mama zu Weihnachten gemalt habe.

Ich habe der Mama ein Bild in Wasserfarbe von unserem Haus in der Kanalstraße gemalt.
Auf dem Bild war auch das große Schaufenster von unserem Geschäft. Und in dem Schaufenster hat der Papa gestanden, in seinem karierten Anzug mit der weißen Schirmmütze. Er hat in jedem Arm ein Bonbonglas gehabt. In den Bonbongläsern sind viele bunte Bonbons gewesen, nur keine roten, weil ich keine rote Wasserfarbe mehr hatte.
Mama hat gesagt, daß sie das Bild über ihr Bett hängen wollte, weil es so schön ist.
Dann haben wir in der warmen Küche zu Abend gegessen. Mama hatte von Hildegard Bratwürste bekommen, die gab es mit Sauerkraut und Kartoffeln und braunem Fett. Mama hatte die Bratwürste brutzelig braun gebraten. Als wir drei allein in der Küche am Tisch gesessen haben, hat Mama gefragt, was die Renate wohl am Heiligen Abend zu essen bekommt. Und ich habe gefragt, was der Papa wohl am Heiligen Abend zu essen bekommt.
Wir sind dann ins Bett. Mama hat gemeint, es wäre die einfachste Art, Kohlen zu sparen.
Im Bett war es warm und gemütlich, mit Mama in der Mitte, Stefan an der rechten Seite, ich an der linken und neben mir die Emma. Der Stefan wollte noch die Wunschgeschichte hören, die hat Mama sich selber ausgedacht. Ich habe Papa von der Wunschgeschichte erzählt. Da ist ein armer Müllerssohn, zu dem kommt eine gute Fee und die sagt ihm, daß er drei Wünsche offen hat. Der arme Müllerssohn in Mamas Wunschgeschichte weiß nicht, was er sich wünschen soll. Er hat überlegt und überlegt.
Ich habe Papa geschrieben, daß ich mich in meinem Bett auf die Seite gedreht habe, die Emma an meinen Bauch gequetscht habe und gewünscht habe, daß der Papa da ist, daß die Renate da ist und daß endlich Frieden ist.

GEWITTER

Papa hat meinen Brief nicht beantwortet. Vielleicht hat er aber doch geantwortet, nur, die Post ist nicht angekommen. Wir haben ab Januar 1945 nichts mehr von ihm gehört. Wenn ich an Papa gedacht habe und mich innerlich mit ihm unterhalten habe, hab ich gar nicht gewußt, ob er noch lebt oder ob er nicht mehr lebt. Das war schlimm.
Von Renate sind noch Briefe gekommen. Sie hat Heimweh nach Mama gehabt und manche Worte in ihren Briefen konnte Mama überhaupt nicht lesen, weil die Tinte durch Renates Tränen ausgelaufen war. Mama hat dann noch mehr Tränen auf Renates Briefe geheult und dann war überhaupt nichts mehr zu lesen.
Ab März 1945 brachte die Briefträgerin auch keine Briefe mehr von Renate. Es war in Deutschland alles durcheinander, auch die Post.
Jetzt wußten wir nicht mehr, ob der Papa noch lebt, ob Renate noch lebt. Wir haben von beiden nichts mehr gehört.

Ende März an einem Sonntagnachmittag waren Mama, Stefan und ich bei der Hildegard in Silberhausen. Wir sind mit Erwin und Friedhelm durch den Garten vor dem Haus gebummelt, in dem sie wohnten. Erwin konnte jetzt schon gut laufen, er ist an meiner Hand über den Gartenweg getrippelt. Da habe ich plötzlich das Donnern gehört. „Hör mal, bum, bum!“ habe ich zu Erwin gesagt und auf den Himmel gezeigt. „Da ist ein Gewitter!“
„Ein Gewitter!“ Mama hat in den Himmel geschaut. Der war hell und blau, ohne eine Wolke. Die Sonne hat geschienen.

„Das ist kein Gewitter, das ist die Front, die kommt immer näher. Jeden Tag“, hat Hildegard gesagt.
„Die Front! Sind die Amerikaner schon so nah!“ hat Mama gerufen.
„Ich glaube, die amerikanischen Soldaten sind näher, als wir denken“, hat Hildegard gesagt. „Jetzt kann es nicht mehr lange dauern.“
„Ist dann der Krieg aus?“ habe ich gefragt.
„Dann ist er aus!“ hat Hildegard gesagt.
„Juchhu!“ habe ich geschrien und Erwin unter die Arme genommen und ihn herumgeschwenkt. Er hat geschrien vor Glück, denn er mochte das Rumschwenken gern.
Mir ist aber von dem Rumschwenken schwindelig geworden. Ich habe Erwin wieder auf die Beine gestellt und wollte mich an Friedhelm festhalten, denn ich habe gewackelt.
„Laß das!“ hat er sich gewehrt und mich abgeschüttelt.
„Was ist denn mit dir los?“ habe ich ihn gefragt.
„Nichts!“ Er hat mich mit zusammengekniffenen Augen angesehen und die Hände zu Fäusten geballt. Dann hat er mir verkündet, daß der Krieg überhaupt noch nicht aus ist. Und daß wir jetzt alle kämpfen müssen und erst aufhören dürfen, wenn wir gesiegt haben.
„Junge!“ hat die Hildegard gesagt. „Red doch nicht so einen Unsinn!“
„Das ist kein Unsinn!“ hat der Friedhelm seine Mutter angeschrien. „Wir von der Hitlerjugend kämpfen auf jeden Fall, bis wir gesiegt haben. Und wenn die amerikanischen Panzer kommen, dann spreng ich sie mit Handgranaten und Panzerfäusten in die Luft!“
„Untersteh dich!“ Die Hildegard hat dem Friedhelm eine Ohrfeige auf die rechte Backe geknallt und eine auf die linke. Der Friedhelm hat zwei rote Backen gehabt. Er hat sich die Backen gehalten und zu heulen angefangen.

Die Tränen sind ihm aus den Augen gelaufen und die Nase ist ihm auch gelaufen. Er hat so jämmerlich ausgesehen, ich habe gedacht, wenn der Friedhelm doch nur zu weinen aufhört und wenn doch nur endlich der Krieg, dieser verdammte Krieg aufhört.

DER KRIEG IST AUS!

Er hat aufgehört, der Krieg! – Aber vorher hat der Führer noch ins Radio geschrien, daß alle bis zum letzten Schulter an Schulter für den Endsieg kämpfen müssen.
„Hoffentlich haben wir hier in Dingelstädt nicht solche Idioten, die auf den Führer hören", hat Mama gesagt.
Die Front ist näher gerückt. Tag und Nacht war das dumpfe Knallen in meinen Ohren.
Feindliche Flieger sind über Dingelstädt geflogen. Sie haben keine Bomben mehr geworfen. Aber sie haben auf Menschen geschossen.
Ein Flieger hat Edeltraud und mich beschossen.

Das war an dem Tag, als Edeltraud und ich oben im Wald die graue Soldatenuniform gefunden haben. Wir wollten Buschwindröschen pflücken. Als ich mich nach einem weißen Röschen gebückt habe, hat plötzlich der graue Ärmel aus der braunen Erde geguckt. „Was ist denn das?" habe ich gesagt und an dem Ärmel gezogen. Ich habe die ganze Uniformjacke aus der Erde geholt und die Hose auch.
„Die Uniform hat bestimmt ein Soldat hier versteckt, einer, der abgehauen ist von der Front", hat Edeltraud gesagt.
„Abgehauen von der Front?"
„Ja, damit er nicht in Gefangenschaft kommt, wenn der Krieg jetzt bald aus ist", hat Edeltraud gesagt. Sie hat sich umgedreht, ob vielleicht ein Mensch in der Nähe ist. Es war aber nur eine schwarze Amsel da, die ist auf einen abgeschlagenen Baumstamm gehüpft.
Edeltraud hat mich auf den Baumstamm gezogen. Sie hat sich ganz nah an mich rangedrückt und mich gefragt, ob ich schweigen kann.

Ich habe gesagt, daß ich schweigen kann, und daß die Edeltraud das auch wissen müßte, wo ich nie etwas von unseren Kinobesuchen verraten habe.
Die Edeltraud ist noch näher an mich ran und hat gesagt, sie muß mir was erzählen, was nie, nie, niemand wissen darf. Und ich soll schwören, daß ich niemand was verrate.
Ich habe geschworen, mit drei Fingern. Da hat sie es mir gesagt. Sie hat gesagt, daß ihr Vater, der Bäcker Kusche, auch von der Front abgehauen ist und daß die Frau Kusche ihn auf dem Dachboden in dem großen alten Apfelschrank versteckt hat und daß sie die graue Uniform vom Vater in dem großen Wohnzimmerofen verbrannt haben und es sehr gestunken hat.
„Wie lange will er denn da oben sitzen bleiben?“ habe ich Edeltraud gefragt.
„Bis der Krieg aus ist!“ Edeltraud hat gelacht und einen dikken Strauß Buschwindröschen für ihren Vater in dem Apfelschrank gepflückt.
Ich habe auch einen dicken Strauß gepflückt, für Mama.
Und dann haben wir beide uns an den Händen gefaßt und sind übers Feld nach Hause gelaufen. Quer über den Acker sind wir gerannt.
Plötzlich, mitten auf dem Feld, habe ich das Brummen gehört. Es ist vom Wald gekommen. Ich habe mich umgedreht, Edeltraud auch.
Wir haben den Flieger gesehen. Er war überm Wald. Er ist tief geflogen. So tief, daß er fast die Spitzen der Bäume gestreift hat.
Er ist genau auf uns zugekommen. Ich konnte den Kopf von dem Piloten sehen. „Was will denn der?“ habe ich geschrien und mich auf die Erde geworfen. Edeltraud ist neben mich gefallen.
Da hat er geschossen!

Die Kugeln über meinem Kopf haben gepfiffen. Ich habe mich an die Erde gekrallt. Das Gesicht in den Acker.

Im April 1945 sind die Amerikaner in Dingelstädt eingezogen und in Silberhausen auch. Der Friedhelm hat keine Panzerfäuste abgeschossen, vielleicht weil die Hildegard so gut auf ihn aufgepaßt hat und ihn nicht vor die Tür gelassen hat, als die amerikanischen Panzer gekommen sind. Zuerst war das Rollen von den amerikanischen Panzern da.

Mama hat es zuerst bemerkt. „Da rollt doch was?“ hat sie gesagt.
Wir haben gelauscht, Stefan und die Draiers, als wir morgens zusammen am Kaffeetisch gesessen haben. Ich habe so angestrengt gelauscht, daß ich mich nicht getraut habe, das Stück Brot in meinem Mund weiterzukauen. Trotzdem habe ich nichts gehört. Mama hat geschworen, daß sie was hört. Sie ist aufgestanden und hat sich auf den Küchenfußboden gekniet und das rechte Ohr auf den Fußboden gelegt. Wir waren alle ganz still. Mama hat das Ohr vom Fußboden genommen. „Es rollt tatsächlich!“ hat sie gesagt.
Stefan und ich und die Draiers haben uns zu Mama auf den Fußboden gelegt und gehorcht.
Tatsächlich, es hat gerollt!
„Als wenn der Bärenwirt seine Bierfässer in den Keller rollt!“ habe ich gesagt.
„Das müssen die Amerikaner sein!“ Mama ist aufgesprungen, ins Schlafzimmer gelaufen und mit dem weißen Bettlaken wiedergekommen. Das Bettlaken hat Mama schon vor einigen Tagen aus ihrer Wäsche ausgesucht. Es war eins aus ihrer Aussteuerwäsche, weißes Leinen mit ihrem Mädchennamen reingestickt. Mama hat gesagt, mit dem schönsten, besten Bettlaken, das sie hat, will sie den amerikanischen

Soldaten zeigen, wie sie sich freut, daß sie endlich da sind und uns befreien vom Krieg und von all dem anderen.
„Ist das Bettlaken wie eine Friedensfahne?“ habe ich Mama gefragt. „Ja, das ist wie eine Friedensfahne!“ hat Mama gesagt.
Sie hat das weiße Laken aus dem Fenster in der Küche flattern lassen.
Die Frau Draier hat auch ein weißes Tuch geholt. Weil aber Mamas Bettlaken schon im Küchenfenster gehangen hat, hat sie ihr Tuch in das kleine Fenster der Speisekammer gehängt.
Dann haben wir alle hinter der Gardine in der Küche gestanden und auf die Amerikaner gewartet.
Das Rollen ist stärker geworden. Der Fußboden in der Küche hat gezittert. Als die Kaffeetassen auf dem Frühstückstisch gezittert haben, war plötzlich die Spitze von dem grauen Rohr zu sehen. Es ist langsam länger geworden und hat sich langsam nach vorn geschoben. Das Rohr hat einem amerikanischen Panzer gehört. Das hat Mama sofort erkannt, weil nämlich ein weißer Stern auf dem Panzer war.
„Sie sind da!“ hat Mama gesagt. Ihre Stimme hat gezittert und ihr rechter Arm hat gezittert. Das habe ich gefühlt, denn er hat auf meiner Schulter gelegen. Ob ihr linker Arm bei Stefan auf der Schulter auch gezittert hat, weiß ich nicht.
„Sie sind da!“ hat Mama nochmal gesagt. „Sie sind da!“ habe ich geschrien und meine Arme hochgerissen. „Sie sind da! Sie sind da! Sie sind da!“
Ich habe Mama geküßt und Mama hat mich geküßt und ich habe Stefan geküßt und Stefan hat mich geküßt und ich habe Frau Draier und Karl und Käthe und Karola geküßt. Die Käthe hätte ich besser nicht geküßt, wo sie später so gemein war.

Nach den amerikanischen Panzern sind die amerikanischen Lastwagen gekommen. Sie sind durch die Bahnhofstraße hinter den Panzern her bis auf den Marktplatz von Dingelstädt. Wir, Mama, Stefan und ich und die Frau Draier mit ihren Kindern sind auch runter in die Stadt. Die Straßen in der Stadt waren vollgestopft mit Menschen. Sie haben geschrien und gelacht und den Amerikanern zugewunken und manche haben weiße kleine Papierfahnen geschwenkt und manche weiße Bettücher. Die Amerikaner in ihren Lastwagen haben auch gewunken und mit Schokolade, Kaugummis und Zigaretten geworfen.
Ich hatte die Emma in meiner linken Hand und konnte nur mit meiner rechten fangen. Die anderen Menschen um mich herum haben mir alles weggeschnappt, weil sie zwei Hände frei hatten.
Ich habe Mama meine Emma in die Arme gedrückt. Da ist ein Lastwagen gekommen und da saß ein Mann drin, der war so schwarz wie der Mohr aus meinem Struwwelpeterbuch. Ich hatte noch nie einen lebendigen schwarzen Mann gesehen. Er hat mir gefallen, denn er hatte schwarze krause Haare und braune Augen und weiße Zähne, als er gelacht hat. Er hat mir eine Tafel Schokolade zugeworfen. Ich wollte sie fangen, mit beiden Händen. Aber die Käthe, die neben mir gestanden hat, hat sie mir weggeschnappt. Es war eine dicke Tafel Schokolade, in blaues Papier eingepackt. Ich habe zu Käthe gesagt, daß es meine blaue Schokolade ist. Sie hat gegrinst und gesagt, daß es ihre Schokolade ist und sie hat sie in ihre Manteltasche gesteckt und ist ab.
Ich bin noch geblieben und habe noch eine rote, eine braune und eine grüne Tafel Schokolade gefangen. Nur eine blaue, die habe ich nicht bekommen.

Nachher habe ich meine blaue Tafel Schokolade in der Küche auf dem Küchenschrank von Frau Draier wiedergefunden. Sie hat da oben mit zwei Paketen Kaugummi und einer Packung Kekse gelegen.
Es war niemand in der Küche. Ich habe den roten Stuhl an den Küchenschrank gezogen und mir meine blaue Tafel Schokolade genommen. Ich habe das Papier weggerissen. Es war Nußschokolade, dicke Nußschokolade und sie hat von vorn bis hinten nach Nüssen geschmeckt.

NORWEGERSTRÜMPFE

Die amerikanischen Soldaten haben sich in Dingelstädt einquartiert. Weil sie ja nicht in ihren Lastwagen und Panzern wohnen konnten, sind sie in die Wohnungen der Dingelstädter gezogen.

Das Schweizerhaus, das ja wirklich ein hübsches, gemütliches Haus war, haben vier junge Amerikaner besetzt. Die Frau Draier mußte mit Karl, Käthe und Karola auf ihren Bauernhof nach Thüringen. Weil Mama und Stefan und ich nicht wußten, wo wir hinsollten, haben die Amerikaner uns erlaubt, in das kleine grüne Gartenhaus zu ziehen, das hinten im Garten gestanden hat.

Mama war nicht sehr glücklich darüber, denn es ist klein und eng gewesen. Aber unsere Matratzen zum Schlafen haben reingepaßt und eine winzige Küche war auch da. Ich war aber sehr glücklich, daß wir in das grüne Gartenhaus gezogen sind, denn ich wollte immer schon so gerne einmal in dem Gartenhaus spielen, nur die Frau Draier hat das nie erlaubt. Jetzt durfte ich sogar darin wohnen. Das fand ich von den Amerikanern nett. Sie waren überhaupt sehr freundlich und haben uns Kekse und Schokolade und Bonbons geschenkt und Büchsenfleisch und weißes Brot, das konnte man wie einen Schneeball in der Hand zerdrücken.

Die Amerikaner haben am Tag und in der Nacht Radiomusik gehört, ihre Füße aus dem Fenster gestreckt und Kaugummi gekaut, und sie haben gesagt, wenn ich wollte, dürfte ich jederzeit zu ihnen in die Wohnung kommen. Ich wollte sehr oft, und dann habe ich auch Radio gehört, auch meine Beine aus dem Fenster gestreckt und das Kaugummikauen, das habe ich auch ganz schnell gelernt.

Mama hat das überhaupt nicht gefallen, wenn ich so viel bei den Amerikanern war. Mir wohl. Sie sind richtig meine Freunde geworden. Und oft war es richtig lustig.

Die deutschen Soldaten sind nicht lustig gewesen. Sie sind als Gefangene in langen grauen Schlangen durch Dingelstädt gezogen. Sie haben grau und müde und zerfetzt ausgesehen.

Ein Soldat ist aus der Schlange gekippt, genau vor meine Füße. Ich habe ihm aus dem grünen Gartenhaus ein Glas Wasser geholt und ihm heimlich einen Riegel amerikanische Schokolade in die Tasche von seinem Mantel gesteckt. Er hat es nicht gemerkt, weil er die Augen zugehabt hat. Sein Gesicht war wie Pergamentpapier mit Stacheln. Zwei andere Soldaten in viel zu weiten grauen Mänteln haben ihn hochgezogen und weitergeschleppt. Hoffentlich hat er die Schokolade in seiner Tasche gefunden!

Mama hat nicht gewollt, daß ich mir die lange graue Schlange angucke, denn es hat mich sehr traurig gemacht. „Du gehst mir nicht mehr an die Straße und guckst dir das nicht mehr an", hat sie gesagt, wenn ich nachts im Bett nicht schlafen konnte, weil ich an die armen Soldaten denken mußte.

Ich bin immer wieder an die Straße und mußte mir das ansehen. Wir haben nichts von Papa gewußt. Ob Papa auch in so einer langen grauen Schlange war?

Dann ist die Sache mit dem Kuß passiert. Ich habe am Morgen mit den anderen Kindern vor dem Haus von Amanda Hüpfen gespielt. Wir konnten den ganzen Tag spielen, weil die Schule geschlossen war. In der Schule waren amerikanische Soldaten einquartiert. Das war sehr schön! In Amandas Haus waren auch Amerikaner einquartiert, darum war

Amanda mit ihrer Mutter zu einer Tante gezogen, die hinter dem Schwimmbad gewohnt hat. Ich hatte sie, seitdem der Krieg zu Ende war, nicht mehr gesehen.
Wir hatten auf dem Bürgersteig vor dem Haus „Himmel und Hölle" gespielt. Aus dem offenen Küchenfenster ist Radiomusik gekommen und zwei amerikanische Soldaten haben mit ihren Füßen den Takt dazu geschlagen, das konnten wir sehen, denn ihre Füße haben aus dem Fenster geguckt.
Ich war gerade beim Hüpfen und hüpfte in den Himmel, da hat jemand „Hallo" gerufen. Ich habe den Kopf gehoben und geguckt, wer da ruft, da habe ich dem amerikanischen Soldaten, der am Küchenfenster stand, genau ins Gesicht gesehen. Er hat gelacht und uns einen dicken Packen Kniestrümpfe gezeigt, den er in der rechten Hand gehalten hat. Ich habe gedacht, mein Herz bleibt stehen und ich glaube, es ist auch für einen Augenblick stehen geblieben, denn es sind Norwegerstrümpfe gewesen, dick, wie handgestrickt, sechs Paar, zwei Paar in rot-weißer Wolle, zwei Paar in blau-weißer Wolle und zwei Paar in braun-weißer Wolle, gebündelt mit einem weißen Band. Der amerikanische Soldat hat den Packen Norwegerstrümpfe in die Luft geworfen, in seine Hände geklatscht, ihn wieder aufgefangen, aus dem Fenster gehalten und geschrien, wer von uns die Strümpfe haben will.
„Wer?"
„Ich!" „Ich!" „Ich!" haben wir gebrüllt. Ich bin unters Fenster, habe meine Hände nach den Strümpfen ausgestreckt. Ich bin hochgehupft und habe sie mit den Fingerspitzen berührt. Er hat sie weggezogen, mich angelacht und mit der linken Hand gewunken. „Come in!" hat er gesagt.
Ich bin die vier Steinstufen hoch, durch die Tür, auf den Flur zu ihm in die Küche. Ich bin an der Küchentür stehen geblieben. Er ist vom Fenster weg zu mir, mit den Norweger-

strümpfen. Ich habe die Norwegerstrümpfe angelacht und ihn habe ich auch angelacht. Er hat mir den dicken Strumpfpacken in die Hände gedrückt. Ich habe „Danke“ gesagt und einen Knicks gemacht.
Da hat er meine beiden Arme gepackt, mich aus der Küche in den Flur geschoben bis an die Haustür, die zu war. Er hat mein Gesicht in seine Hände genommen, sein Gesicht heruntergebeugt. Er hat mich angesehen, ich habe ihn angesehen und dann hat er mich geküßt. Er hat mich lange geküßt, ganz anders als Papa und Mama mich immer geküßt haben. Und ich habe dagestanden und mich küssen lassen und an den Film „Wir tanzen um die Welt“ gedacht. Da habe ich, als das Liebespaar auf der Leinwand sich geküßt hat, ein ganz heißes Gefühl im Bauch gehabt. Jetzt hatte ich auch ein heißes Gefühl, nur ich wußte nicht, ob das von dem Küssen oder von den dicken wollenen Norwegerstrümpfen gekommen ist, die ich an meinen Bauch gepreßt habe.
Mir ist ein bißchen schwindlig gewesen, als der amerikanische Soldat mein Gesicht losgelassen hat. Er hat mich angelächelt und ich habe gesehen, daß er braune Augen hatte, wo in der Mitte ein kleiner gelber Punkt geleuchtet hat. Er hat eine Haarsträhne aus meiner Stirn gestrichen und hat an der Schleife von meinem rechten Zopf gezupft und dann hat er mir noch die Haustür aufgemacht und ich bin über die anderen Kinder gestolpert, die auf der Treppe auf mich und die Strümpfe gewartet haben. „Oh!“ haben sie geschrien und sich auf meine Norwegerstrümpfe gestürzt.
„No! No! No!“ hat der amerikanische Soldat gerufen. „No! No! No!“ Er hat die Strümpfe in seine linke Hand genommen und in seine rechte meine Hand und hat mich bis vors Schweizerhaus gebracht und mir da die Norwegerstrümpfe wiedergegeben.

IN VIER TEILE

Die lustige Zeit mit den Amerikanern hat nicht lange gedauert. Alle amerikanischen Soldaten sind aus dem Eichsfeld und Thüringen abgezogen worden, auch aus Dingelstädt.
Es hieß, daß die russischen Soldaten kommen und Thüringen besetzen wollen, und es hieß auch, daß es bei den Russen noch weniger zu essen geben soll.

Das Schweitzerhaus hat leer und verlassen dagelegen, als meine amerikanischen Freunde mit ihrem Jeep abgefahren sind.
Als sie weg waren, hat Mama Türen und Fenster aufgerissen und großen Hausputz in dem Haus gemacht, denn sie wollte aus dem grünen Gartenhaus raus und wieder ins Schweizerhaus ziehen. Ich mußte ihr beim Hausputz helfen. Weil ich aber dazu keine Lust hatte, habe ich versucht, Mama zu überreden, in dem grünen Gartenhaus wohnen zu bleiben. Da haben wir nämlich fast überhaupt nicht zu putzen gebraucht. Mama hat immer gesagt, in der kleinen Hütte hätte das keinen Sinn.
Mama ließ sich nicht überreden, sie wollte wieder ins Schweizerhaus. Und das war auch gut so. Denn sonst hätte Mama nie die Stange Zigaretten gefunden, amerikanische Zigaretten hinter der braunen Couch im Wohnzimmer. Mama hat geschrien, als sie die Zigaretten entdeckt hat. Ich war gerade beim Fensterputzen und bin vom Stuhl gekippt, so habe ich mich erschrocken. Ich habe mir aber nicht weh getan, nur gewundert habe ich mich, daß Mama nicht von

den amerikanischen Zigaretten geraucht hat, wo sie doch so wild aufs Rauchen war. Und daß sie die ganze lange Stange hinten am Fußende im Bett versteckt hat.
Ich habe Mama gefragt, warum sie das macht. Da hat sie gesagt, sie darf es mir nicht verraten, weil es ein Geheimnis ist. Und sie darf die Zigaretten nicht rauchen, weil sie ein Vermögen wert sind und sie braucht ein Vermögen für das, was sie vorhat.
Ich habe Mama gefragt, was sie denn vorhat und sie soll mir das Geheimnis verraten.
Aber sie hat gesagt, sie verrät es nicht und ich soll es vergessen und nicht mehr daran denken. Ich mußte aber immer wieder daran denken und habe immer wieder nach dem Geheimnis gefragt. Jeden Tag habe ich gefragt. Mama hat es nicht verraten.
Aber dann hat sie es doch getan!

Es war in einer Nacht. Ich bin aufgewacht, weil ich ein Geräusch gehört habe. Das Geräusch ist von Mama gekommen. Sie hat auf dem Teppich gekniet, neben sich die kleine gelbe Nachttischlampe, die mit einem Tuch abgedeckt war, damit sie nicht so viel Licht macht und hat Pullover und Wäsche in den grünen Rucksack gepackt.
„Was machst du denn da?“ habe ich Mama gefragt.
„Ich?“ Mama ist erschrocken. „Ich mache gar nichts!“
„Du packst doch!“ Ich bin aus dem Bett gekrabbelt und habe auf den braunen Koffer gezeigt, der auf dem Tisch stand, in dem auch Wäsche von mir und Mama und Stefan war.
„Ja, ich packe!“ Mama hat meinen roten Pullover zusammengeknüllt und in den grünen Rucksack gestopft. „Weil ich mit dir und Stefan nach Münster zurück will.“
„Nach Münster?“ Ich habe meine Hände zusammenge-

klatscht. „Wirklich nach Münster? Ob da der Papa wohl schon ist und die Renate?"

Pst, pst, pst hat die Mama gemacht, weil ich nicht so laut sein sollte, damit der Stefan nicht aufwacht. Und sie hat gesagt, daß sie hofft, daß Papa nach Münster zurückkommt und die Renate auch. Nur, daß die beiden schon in Münster sind, das glaubt sie nicht.

Ich bin zu Mama auf den Schoß gekrochen. „Ist das vielleicht dein Geheimnis?" habe ich Mama zugeflüstert.

„Ja, das ist mein Geheimnis!" hat Mama zurückgeflüstert.

Und sie hat auch geflüstert, daß ich das Geheimnis, das Mama und ich nun haben, niemand verraten darf.

Ich habe Mama nicht verstehen können. Wieso durfte ich das nicht verraten. „Auch nicht der Amanda und auch nicht der Edeltraud?" habe ich gefragt. „Wo die doch meine besten Freundinnen sind!"

„Auch nicht deinen besten Freundinnen", hat Mama gesagt. „Nicht mal der Stefan darf es wissen, er ist noch zu klein und verrät uns sonst. Stefan erfährt es erst im letzten Moment."

„Warum darf ich es niemand sagen?" habe ich gefragt.

„Weil niemand etwas davon wissen darf. Wir müssen schwarz über die Grenze."

„Schwarz?"

„Ja schwarz, das heißt in der Nacht, wenn es dunkel ist!"

„Wieso?"

„Du weißt doch", hat Mama gesagt, „daß bald die Russen Thüringen und das Eichsfeld besetzen."

Ja, das habe ich gewußt, darum sind ja die Amerikaner abgezogen. Und ich habe auch gewußt, daß Deutschland in vier Teile geteilt worden ist. Mama hat es mir und Stefan erklärt, an einem Apfel hat sie es erklärt. Sie hat den Apfel in vier Teile geschnitten, da hat es vier Viertel gegeben. Mama

hat gesagt, der geteilte Apfel ist das besiegte Deutschland, das die Engländer, die Amerikaner, die Franzosen und die Russen zusammen besiegt haben. Jetzt, wo der Krieg zu Ende ist, teilen sich die Siegermächte den Apfel Deutschland, jeder bekommt ein Viertel. Die Russen haben das Eichsfeld und Thüringen in ihrem Apfelviertel. Münster liegt in dem englischen Apfelviertel.
„Und", hat Mama gesagt, „wenn wir nach Münster zurückwollen, dann müssen wir jetzt gehen, vor der Besetzung. Die Grenze haben die Russen schon zugemacht, sie lassen niemand mehr raus."
„Gehören den Russen denn auch die Menschen in dem Apfelviertel?" habe ich Mama gefragt.
Mama hat die Schultern gehoben und mir keine Antwort gegeben. Ich habe die Stange Zigaretten unter dem Bett von Mama vorgeholt. „Was haben die denn mit dem Geheimnis zu tun?"
Mama hat die Stange schnell wieder unter die Matratze gesteckt. „Mit den Zigaretten bezahl ich unsere Flucht. Die Hildegard kennt in Silberhausen einen Mann, der nachts Flüchtlinge über die Grenzen bringt. Er nimmt ziemlich viel Geld dafür. Wer kein Geld hat, kann mit Zigaretten bezahlen."
„Wann flüchten wir denn?"
„Bald", hat Mama gesagt, „wenn alles klappt, am nächsten Sonntag!"

NIEMANDSLAND

Am Sonntagabend haben Stefan, Mama und ich auf die Nacht gewartet, damit wir flüchten konnten.
Mama hat am Fenster gestanden und an die Fensterscheibe mit ihren Fingerspitzen getrommelt und gesagt, daß sie jetzt gut eine Zigarette gebrauchen könnte. Aber sie hat sich nicht getraut, aus der Stange amerikanischer Zigaretten ein Päckchen herauszunehmen, weil die ja der Mann haben mußte, der uns heimlich über die Grenze brachte.
„Peng! Peng!" hat Stefan gemacht und mit seinem selbstgebasteltem Holzgewehr auf mich geschossen. Und er hat gesagt, ich soll gefälligst tot umfallen, wenn er mich erschießt.
Ich habe ihm einen Vogel gezeigt und ihn angefahren, daß er nicht so einen Quatsch mit dem blöden Gewehr machen soll.
„Wir können froh sein, wenn die Russen nicht auf uns schießen", hat Mama gesagt und weiter an die Scheibe getrommelt.
Ich habe auf dem Bett gesessen und meiner Emma den grünen Kapuzenmantel angezogen, den die Pimpi damals genäht hat, und ich habe ihr die Kapuze auf den Kopf gestülpt und zu Mama gesagt, daß ich die Emma schön warm angezogen habe, damit sie nicht friert in der Nacht, wenn wir schwarz über die Grenze gehen.
Mama hat mit dem Trommeln an der Fensterscheibe aufgehört. Sie hat sich mit einem Ruck umgedreht und gefragt, ob ich vielleicht die Emma auf der Flucht mitnehmen will.
„Ja natürlich", habe ich zu Mama gesagt. „Oder meinst du, ich lasse die Emma hier allein in Dingelstädt?" Ich habe der

Emma einen Kuß auf ihre Zelluloidnase gegeben und sie ein bißchen in meinen Armen hin- und hergewiegt.
„Du kannst die Emma nicht mitnehmen“, hat Mama gesagt.
„Ich will sie aber mitnehmen!“
„Die beiden Taschen mit der Wäsche, die du zu tragen hast, sind wichtiger als die Emma“, hat Mama gesagt. „Und außerdem mußt du den Stefan an die Hand nehmen.“
Sie hat auf ihre Uhr geschaut. „Es ist gleich zehn. Um zehn gehen wir los!“ Ihre Stimme war heiser und ihre Hände haben gewackelt, als sie mir die Emma aus dem Arm gezogen hat.
Sie hat die Emma aufs Bett gelegt und mir den Rucksack auf den Rücken geschnallt. Ich habe Mama den Rucksack auf ihren Rücken geschnallt. Mama hat die beiden Koffer genommen und ich die beiden Taschen. Zuerst ist Mama durchs Schlafzimmerfenster geklettert. Das Schlafzimmerfenster lag zum Feld raus, da konnte uns niemand sehen. Ich habe Mama die Koffer und die Taschen und den Stefan durchs Fenster zugeschoben.
„Jetzt du!“ hat Mama gesagt. Sie hat die Hände nach mir ausgestreckt. Ich habe mich umgedreht. Die Emma hat auf dem Bett gelegen.
„Du kannst sie nicht mitnehmen!“ hat Mama gesagt.
Ich bin ans Bett, habe die Emma hochgenommen und mitgenommen. Unter meinen Arm habe ich sie geklemmt.
Wir sind durch die Nacht über die Felder nach Silberhausen gelaufen. Stefan ist vor uns her gerannt und hat Mama mit seinem Peng! Peng! verrückt gemacht. Mich haben die beiden Taschen verrückt gemacht und der Rucksack auf meinem Rücken, denn der Rucksack und die beiden Taschen waren sehr schwer. Nur meine Emma, die war leicht, puppenleicht!

So lange bin ich noch nie bis nach Silberhausen unterwegs gewesen. Wir sind an dem Haus vorbei, in dem die Hildegard und der Friedhelm und der Erwin jetzt gewohnt haben.
„Sind wir denn immer noch nicht da?“ habe ich Mama gefragt.
„Pst, hier muß es sein!“ Mama hat vor einem kleinen geduckten Haus gehalten.
„Wieso weißt du, daß es hier richtig ist?“ habe ich Mama leise gefragt.
„Weil nur hier vor dem Haus ein Jägerzaun ist“, hat Mama geflüstert. Sie hat das kleine Tor von dem Jägerzaun geöffnet. Wir sind an die Haustür geschlichen. Es war keine Schelle da. Mama hat dreimal geklopft.
Jemand hat die Tür einen Spalt aufgemacht. Mama hat ihren Namen genannt.
Jemand hat die Tür weiter aufgemacht. Stefan, Mama und ich sind durch die Tür ins Haus geschlüpft.
Jemand hat uns in einen niedrigen Raum geführt, er hat gleich neben der Haustür gelegen. Zuerst konnte ich nichts erkennen. Dann habe ich gesehen, daß in dem Raum schon viele Menschen waren. Sie haben auf dem Boden gesessen und nichts gesagt.
Jemand hat geflüstert, daß wir uns auch setzen sollten.
Mama hat sich in die Ecke gedrückt. Stefan und ich sind ganz nah an sie rangerutscht.
Ich weiß nicht, wie lange wir mit Mama gesessen haben. Es hat immer wieder an die Haustür geklopft und immer wieder hat jemand Flüchtlinge in den kleinen Raum gelassen.
„Wann kommt denn der Mann, der uns über die Grenze bringt?“ hat ein Flüchtling aus dem Dunkeln gefragt.
„Ich glaube gegen eins“, hat ein anderer Flüchtling aus dem Dunkeln geantwortet.
Um zwölf ist jemand gekommen und hat gesagt, daß wir

jetzt nach oben auf den Boden verschwinden müßten, weil manchmal mitten in der Nacht Kontrollen sind.
Stefan und ich sind hinter Mama die Stiege hoch, sie war steil und führte durch eine Luke auf den Dachboden.
Es war eng. Wir haben die Köpfe eingezogen und eng zusammengequetscht auf dem Boden gehockt. Mein Herz hat wie ein Hammer geschlagen, ich habe es gehört. Ich habe auch Mamas Herz schlagen hören. Wir haben uns an den Händen gehalten. Ab und zu hat Mama meine Hand gedrückt und ab und zu habe ich Mamas Hand gedrückt. Stefan hat in Mamas Schoß gelegen und tief geatmet, er hat geschlafen.

Plötzlich haben wir Schritte gehört, auf der Stiege. Jetzt hat mein Herz nicht mehr wie ein Hammer geschlagen. Jetzt hat es gestockt.
Jemand hat die Bodenluke aufgemacht, mit der Kerze geleuchtet und gesagt, daß er da ist!
Er war der Mann, der uns über die Grenze bringen wollte. Er hat an dem Jägerzaun gestanden, breit und groß wie ein Schrank.
Der Schrank ist mit großen festen Schritten vor uns die Straße zum Wald hochgestapft. Wir sind hinter ihm her. Ich bin gern hinter ihm hergelaufen und ich habe gedacht, der Schrank bringt uns bestimmt gut über die Grenze. Der Stefan hat das wohl nicht gedacht. Er hat sich von mir über die Straße, auf den Feldweg, über die Wiese ziehen lassen, den Daumen im Mund, er hat halb geschlafen.
„Könnt ihr euch nicht ein bißchen beeilen?" hat Mama von vorn leise gerufen.
Ich habe mich beeilt. – Meine Emma ist unter dem Arm weggerutscht. Ich bin gestolpert, Stefan auch. Emma ist hingefallen. Ich habe sie aufgehoben, wieder unter meinen

rechten Arm geklemmt, die Taschen und den Stefan genommen, hinter Mama, hinter den Flüchtlingen, hinter dem Schrank her.
„Schneller! Schneller!“ hat Mama gekeucht. „Die anderen sind schon auf dem Laster!“
Ich habe hochgeguckt. Am Wald habe ich den Laster gesehen und auf dem Laster die Flüchtlinge. Nur Mama, Stefan und ich noch nicht.
Der Schrank hat gewunken, die Flüchtlinge haben auch gewunken, daß wir uns beeilen.
„Julia, kannst du nicht schneller!“ hat Mama leise geschrien.
Ich konnte nicht, der Stefan, die Emma, die Taschen.
Der Schrank ist uns entgegengerannt. Hat Stefan auf den Arm genommen, ihn auf den Laster geworfen, die Taschen, mich, Emma, die Koffer und Mama. Er hat die Klappe hinten zugemacht und ist ab.

Wir haben uns unter der Plane geduckt. Er ist schnell gefahren und lange, immer über Feld- und Waldwege.
Wir sind hin- und hergeflogen. Mir war übel, in meinem Kopf hat es geklopft.
Als es bergauf ging, ist der Laster langsamer gefahren.
„Es ist jetzt nicht mehr weit bis Walkenried, da ist irgendwo die Grenze!“ hat Mama mir zugeflüstert.
Tack! Tack! Tack! – Ich habe schießen gehört. „Die schießen ja wirklich!“ Ich habe mich an Mamas Arm gekrallt. Stefan hat sich an meinen Arm gekrallt.
Tack! Tack! Tack! Wieder Schießen!
„Wenn die uns nur nicht erwischen!“ hat einer aus dem Laster gesagt.
Der Wagen hat plötzlich gehalten, mitten im Wald.
„Verdammt, die haben was gemerkt!“ hat der Schrank ge-

schrien. Ich wußte nicht, wie leise ein Mensch schreien kann.
„Macht, daß ihr in den Wald kommt. Links ist ein Weg, da ist irgendwo unterhalb das Niemandsland!"
Der Schrank hat uns vom Wagen gerissen, die Mama, den Stefan, mich, die Emma, die Rucksäcke, die Koffer, die Taschen und die anderen Flüchtlinge.
Er hat Gas gegeben und ist ab.
„Schweinerei so was! Jetzt stehen wir hier!" hat einer von den Flüchtlingen gesagt.
Tack! Tack! Tack! Vor uns ist die Erde hochgespritzt.
„Hinlegen!" hat Mama geschrien.
Ich habe mich auf die Erde geworfen. Bin hinter Mama und Stefan auf dem Bauch unter die Tanne gerobbt. Habe mich unter die Tanne gedrückt, gelauscht.
Tack! Tack! Tack! Erdklümpchen sind mir ins Gesicht geflogen. Mama, Stefan und ich sind zur nächsten Tanne gerobbt, von der nächsten zur übernächsten.
Tack! Tack! Tack! Sie haben weiter geschossen.
Wir sind weiter gekrochen, auf dem Bauch, von Tanne zu Tanne.
Mama hat Stefan gezogen, gezerrt. Tannenzweige haben mein Gesicht gestochen. „Ich kann nicht mehr!"
„Du kannst!" Tränen an meinen Backen. Ich habe nichts mehr gesehen. Bin gekrochen, hinter Mama, hinter Stefan her.
Der Wald war zu Ende! Das Schießen ist weit, ganz weit weg gewesen. Mama, Stefan und ich haben unter der Tanne gelegen. Vor uns freies Feld unter dem Himmel.
„Ich glaube, da vorn liegt Niemandsland!" hat Mama geflüstert. Sie ist langsam auf das freie Feld gekrochen. Stefan und ich sind auch auf das freie Feld gekrochen, bis zu Mama.

Sie hat ihr Gesicht in die Erde gedrückt und „Niemandsland!“ geflüstert.
Als sie ihr Gesicht wieder hochgehoben hat, ist an ihrer Nase und auf ihrer Stirn Erde gewesen. Das konnte ich sehen, denn es ist schon ein bißchen hell geworden.
Mama hat Stefan und mich ganz fest in den Arm genommen und „Niemandsland! Niemandsland!“ gerufen und dabei gelacht.
Niemandsland? Ich wußte nicht, was das für ein Land war.
„Wem gehört Niemandsland?“ habe ich Mama gefragt.
„Niemand!“ hat Mama gesagt. „Nicht den Russen und nicht den Engländern. Es ist ein kleiner Spalt zwischen den Apfelstücken.“
Ich wollte auch lachen. – Da ist mir die Emma eingefallen. Die Emma, die hatte ich vergessen. Die lag bei den Rucksäcken, den Koffern und den Taschen in der russischen Zone. Da habe ich geheult.

ZEITTAFEL ZUR POLITIK 1933–1945

1933 Machtergreifung der NSDAP (Nationalsozialistische Deutsche Arbeiter-Partei = Nazis).
Hitler wird Reichskanzler und praktisch Diktator. Er läßt sich „Führer" nennen.

1933–1938 Ausbau und Festigung der Stellung der Nazis durch: starke Propaganda; Verfolgung aller politischen Gegner; Verbesserung der wirtschaftlichen Situation; Aufrüstung der Wehrmacht; Verträge (die größtenteils wieder gebrochen wurden) mit anderen europäischen Staaten; durch eine rücksichtslose und gefährliche Machtpolitik.
Ansteigende Verfolgung der Juden in Deutschland.

1938 Einmarsch in Österreich und Eingliederung Österreichs in das Deutsche Reich.
„Kristallnacht": jüdische Kirchen (Synagogen), Friedhöfe sowie Gebäude und Geschäfte jüdischer Bürger werden angezündet und zerstört, Massenverhaftungen.

1938/39 Einmarsch in die Tschechoslowakei und deren Besetzung durch deutsche Truppen.

1939 Deutscher Überfall auf Polen: Beginn des 2. Weltkriegs. Hauptgegner: Frankreich und England ab 1939, Rußland (Sowjetunion) und USA ab 1941.

1940–1945 „Endlösung der Judenfrage": Millionen von Juden in Deutschland und den von Deutschen besetzten Gebieten werden in Lagern (Konzentrationslagern = KZ) zusammengepfercht und ermordet.

1944 (20. Juli) Erfolgloses Attentat auf Hitler.

1945 Vollständiger Zusammenbruch des Deutschen Reichs. Deutschland wird besetzt und in vier „Besatzungszonen" aufgeteilt.